沙坪的酒

副刊文丛

主编 李辉 王刘纯

丰子恺 著
钟桂松 编

中原出版传媒集团
中原传媒股份公司
大象出版社
·郑州·

图书在版编目(CIP)数据

沙坪的酒 / 丰子恺著；钟桂松编.— 郑州：大象出版社，2019.6
(副刊文丛 / 李辉，王刘纯主编)
ISBN 978-7-5711-0193-0

Ⅰ. ①沙… Ⅱ. ①丰… ②钟… Ⅲ. ①散文集—中国—现代 Ⅳ. ①I266

中国版本图书馆 CIP 数据核字(2019)第 104279 号

沙坪的酒
SHAPING DE JIU

丰子恺　著
钟桂松　编

出 版 人	王刘纯
项目统筹	李光洁　成　艳
责任编辑	成　艳
责任校对	牛志远
封面设计	段　旭
内文设计	杜晓燕

出版发行	大象出版社(郑州市郑东新区祥盛街 27 号　邮政编码 450016)
	发行科　0371-63863551　总编室　0371-65597936
网　　址	www.daxiang.cn
印　　刷	北京汇林印务有限公司
经　　销	各地新华书店经销
开　　本	787mm×1092mm　1/32
印　　张	8.625
字　　数	113 千字
版　　次	2019 年 6 月第 1 版　2019 年 6 月第 1 次印刷
定　　价	38.00 元

若发现印、装质量问题，影响阅读，请与承印厂联系调换。
印厂地址　北京市大兴区黄村镇南六环磁各庄立交桥南 200 米(中轴路东侧)
邮政编码　102600　　　　　电话　010-61264834

"副刊文丛"总序

李 辉

设想编一套"副刊文丛"的念头由来已久。

中文报纸副刊历史可谓悠久,迄今已有百年。副刊为中文报纸的一大特色。自近代中国报纸诞生之后,几乎所有报纸都有不同类型、不同风格的副刊。在出版业尚不发达之际,精彩纷呈的副刊版面,几乎成为作者与读者之间最为便利的交流平台。百年间,副刊上发表过多少重要作品,培养过多少作家,若要认真统计,颇为不易。

"五四新文学"兴起,报纸副刊一时间成为重要作家与重要作品率先亮相的舞台,从鲁迅的小说《阿Q正传》、郭沫若的诗歌《女神》,到巴金的小说《家》等均是在北京、上海的报纸副刊上发表,从而产生广泛影响的。随着各类出版社雨后春笋般出现,杂志、书籍与报纸副刊渐次形成三足鼎立的局面,但是,不同区域或大小城市,都有不同类型的报纸副刊,因而形成不同层面的读者群,在与读者建立直接和广泛的联系方面,多年来报纸副刊一直占据优势。近些年,随着电视、网络等新兴媒体的崛起,报纸副刊的优势以及影响力开始减弱,长期以来副刊作为阵地培养作家的方式,也随之隐退,风光不再。

尽管如此,就报纸而言,副刊依旧具有稳定性,所刊文章更注重深度而非时效性。在新闻爆炸性滚动播出的当下,报纸的所谓新闻效应早已滞后,无法与昔日同日而语。在我看来，唯有副刊之类的版面，侧重于独家深度文章，侧重于作者不同角度的发现，才能与其他媒体相抗衡。或者说，只有副刊版面发表的不太注重新闻时效的文章，才足以让读者静下心，选择合适时间品茗细读，与之达到心领神会的交融。这或许才是一份报纸在新闻之外能够带给读者的最佳阅读体验。

1982年自复旦大学毕业，我进入报社，先是编辑《北京晚报》副刊《五色土》，后是编辑《人民日报》副刊《大地》，长达三十四年的光阴，几乎都是在编辑副刊。除了编辑副刊，我还在《中国青年报》《新民晚报》《南方周末》等的副刊上，开设了多年个人专栏。副刊与我，可谓不离不弃。编辑副刊三十余年，有幸与不少前辈文人交往，而他们中间的不少人，都曾编辑过副刊，如夏衍、沈从文、萧乾、刘北汜、吴祖光、郁风、柯灵、黄裳、袁鹰、姜德明等。在不同时期的这些前辈编辑那里，我感受着百年之间中国报纸副刊的斑斓景象与编辑情怀。

行将退休，编辑一套"副刊文丛"的想法愈加强烈。尽管面临新媒体的挑战，不少报纸副刊如今仍以其稳定性、原创性、丰富性等特点，坚守着文化品位和文化传承。一大批副刊编辑，不急不躁，沉着坚韧，以各自的才华和眼光，既编辑好不同精品专栏，又笔耕不辍，佳作迭出。鉴于此，我觉得有必要将中国各地报纸副刊的作品，以不同编辑方式予以整合，集中呈现，使纸媒副刊作品，在与新媒体的博弈中，以出版物的形式，留存历史，留存文化，便于日后人们借这套丛书领略中文报纸副刊（包括海外）曾经拥有过的丰富景象。

"副刊文丛"设想以两种类型出版，每年大约出版二十种。

第一类：精品栏目荟萃。约请各地中文报纸副刊，挑选精品专栏若干编选，涵盖文化、人物、历史、美术、收藏等领域。

第二类：个人作品精选。副刊编辑、在副刊开设个人专栏的作者，人才济济，各有专长，可从中挑选若干，编辑个人作品集。

初步计划先从20世纪80年代开始编选，然后，再往前延伸，直到"五四新文学"时期。如能坚持多年，相信能大致呈现中国报纸副刊的重要成果。

将这一想法与大象出版社社长王刘纯兄沟通，得到王兄的大力支持。如此大规模的一套"副刊文丛"，只有得到大象出版社各位同人的鼎力相助，构想才有一个落地的坚实平台。与大象出版社合作二十年，友情笃深，感谢历届社长和编辑们对我的支持，一直感觉自己仿佛早已是他们中间的一员。

在开始编选"副刊文丛"过程中，得到不少前辈与友人的支持。感谢王刘纯兄应允与我一起担任丛书主编，感谢袁鹰、姜德明两位副刊前辈同意出任"副刊文丛"的顾问，感谢姜德明先生为我编选的《副刊面面观》一书写序……

特别感谢所有来自海内外参与这套丛书的作者与朋友，没有你们的大力支持，构想不可能落地。

期待"副刊文丛"能够得到副刊编辑和读者的认可。期待更多朋友参与其中。期待"副刊文丛"能够坚持下去，真正成为一套文化积累的丛书，延续中文报纸副刊的历史脉络。

我们一起共同努力吧！

2016年7月10日，写于北京酷热中

目 录

第一辑 沙坪的酒

沙坪的酒	3
桂林的山	10
看凤凰城	
——黔桂流亡日记之一	16
宜山遇炸	
——黔桂流亡日记之一	19
荒冢避警	
——黔桂流亡日记之一	22
江行观感	25
九江印象	31

— 1 —

庐山面目　　36

有头有尾

　　——参观江西革命根据地随笔　　44

化作春泥更护花

　　——参观江西革命根据地随笔　　51

饮水思源

　　——参观江西革命根据地随笔　　56

黄山印象　　62

黄山松　　68

不肯去观音院　　73

第二辑　二重生活

儿戏　　81

穷小孩的跷跷板　　84

鼓乐	89
荣辱	93
送阿宝出黄金时代	98
云霓	106
二重生活	111
白象	117
贪污的猫	123

第三辑　随笔漫画

雪舟和他的艺术	131
天童寺忆雪舟	135
参观夏声平剧学校	140
桂林艺术讲话之二	145
西洋美术底根源	152

印象派以后	**156**
漫画浅说	**163**
随笔漫画	**168**
读书	**174**
谈自己的画	
——《彩色子恺新年漫画》	**178**
谈"画"	**183**
香港画展自序	**185**
鲁迅先生与美术	**189**
假辫子	
——答《漫画阿Q正传》读者	**192**
费新我《草原图》读后感	**197**

第四辑　端阳忆旧

回忆李叔同先生　　　　　　　　　　203

怀太虚法师　　　　　　　　　　　　210

端阳忆旧　　　　　　　　　　　　　213

还乡记　　　　　　　　　　　　　　216

宴会之苦　　　　　　　　　　　　　223

新年忆旧年　　　　　　　　　　　　231

义齿　　　　　　　　　　　　　　　234

湖畔夜饮　　　　　　　　　　　　　240

隔海传书

　　——国庆节致侨胞李君的公开信　　247

后记　　　　　　　　　　　钟桂松　252

第一辑

沙坪的酒

沙坪的酒[①]

胜利快来到了。逃难的辛劳渐渐忘却了。我辞去教职,恢复了战前的闲居生活。住在重庆郊外的沙坪坝庙湾特五号,自造的抗建式小屋中的数年间,晚酌是每日的一件乐事,是白天笔耕的一种慰劳。

我不喜吃白酒,味近白酒的白兰地,我也不要吃。巴拿马赛会得奖的贵州茅台酒,我也不要吃。总之,

---

① 载1947年3月31日《天津民国日报》。

沙坪的酒

凡白酒之类的，含有多量酒精的酒，我都不要吃。所以我逃难中住在广西、贵州的几年，差不多戒酒。因为广西的山花、贵州的茅台，均含有多量酒精，无论本地人说得怎样好，我都不要吃。

自从由贵州茅台酒的产地遵义迁居到重庆沙坪坝，我开始恢复晚酌，酌的是"渝酒"，即重庆人仿造的黄酒。

富有风趣的一位朋友讥笑我说："你不吃白酒，而爱吃黄酒，我知道你的意思了：吃白酒是不出钱的，揩别人的油。你不用人间造孽钱，笔耕墨稼，自食其力，所以讨厌白酒两字。黄酒是你们故乡的特产，你身窜异地，心念故乡，所以爱吃黄酒。对不对？"我说："其然，岂其然欤？"这朋友的话颇有诗意，然而并没有猜中我不爱白酒爱黄酒的原因。揩别人的油，原是我所不欲的；然而吃酒揩油，我觉得比其他的揩油好些。古人诗云："三杯不记主人谁。"吃酒是兴味的，是无条件的，是艺术的。既然共饮，就不必斤斤计较酒的所有权；吝情去留，反而煞风景，反而有伤生活的诗趣。我倒并不绝对不吃"白酒"（不出钱的酒）。至于为了怀乡而吃黄酒，也大可不必。我住在大后方各省各地的时候，天天嘴上所说的是家乡土白。若要怀乡，这已尽够，不必再用吃黄酒来表示了。

我所以不喜白酒而喜黄酒，原因很简单：就为了白酒容易醉，而黄酒不易醉。"吃酒图醉，放债图利"，这种功利的吃酒，实在不合于吃酒的本旨。吃饭，吃药，是功利的。吃饭求饱，吃药求愈，是对的。但吃酒这件事，性状就完全不同。吃酒是为兴味，为享乐，不是求其速醉。譬如二三人情投意合，促膝谈心，倘添上各人一杯黄酒在手，话兴一定更浓。吃到三杯，心窗洞开，真情挚语，娓娓而来。古人所谓"酒三昧"，即在于此。但决不可吃醉，醉了，胡言乱道，诽谤唾骂，甚至呕吐、打架。那真是不会吃酒，违背吃酒的本旨了。所以吃酒决不是图醉。所以容易醉人的酒决不是好酒。巴拿马赛会的评判员倘换了我，一定把一等奖给绍兴黄酒。

沙坪的酒，当然远不及杭州、上海的绍兴酒。然而"使人醺醺而不醉"，这重要条件是具足的。人家都讲究好酒，我却不大关心。有的朋友把从上海坐飞机来的真正"陈绍"送我。其酒固然比沙坪的酒气味清香些,上口舒适些,但其效果也不过是"醺醺而不醉"。在抗战期间,请绍酒坐飞机,与请洋狗坐飞机有相似的意义。这意义所给人的不快,早已抵消了其气味的清香与上口的舒适。与其吃这种绍酒,我宁愿吃沙坪的渝酒。

"醉翁之意不在酒",这真是善于吃酒的人说的至理名言。我抗战期间在沙坪小屋中的晚酌,正是"意不在酒"。我借饮酒作为一天的慰劳,又作为家庭聚会的助兴品。在我看来,晚餐是一天的大团圆。我的工作完毕了;读书的、办公的孩子们都回来了;家离市远,访客不再光临了;下文是休息和睡眠,时间尽可从容了。若是这大团圆的晚餐只有饭菜而没酒,则不能延长时间,匆匆地把肚皮吃饱就散场,未免太功利的,太少兴趣。况且我的吃饭,从小养成一种快速习惯,要慢也慢不来。有的朋友吃一餐饭能消磨一两小时,我不相信他们如何吃法。在我,吃一餐饭至多只花十分钟。这是我小时从李叔同先生学钢琴时养成的习惯。那时我在师范学校读书，只有吃午饭后到一点钟上课的时间和吃夜饭后到七点钟上自修的时间，是教弹琴的时间。我十二点吃午饭，十二点一刻须得到弹琴室；六点钟吃夜饭，六点一刻须得到弹琴室。吃饭，洗碗，洗面，都要在十五分钟内了结。这样的数年，使我养成了快吃的习惯。后来虽无快吃的必要，但我仍是非快不可。这就好比反刍类的牛，野生时代因为怕狮虎侵害而匆匆地把草吞人胃内，急忙回到洞内，再吐出来细细地咀嚼，养成了反刍的习惯；做了家畜以后，虽无快吃的必要，但它仍是要反刍。如果有人劝我慢慢吃，在我是一件苦事。因为慢吃违背了惯性，很不自然，很不舒服。一天的大团圆的晚餐，倘使我以十分钟了事，岂不太草草了？所以我的晚酌，意不在酒，是要借饮酒来延长晚餐的时间，增加晚餐的兴味。

沙坪的晚酌，回想起来颇有兴味。那时我的儿女五人，正在大学或专科或高中求学，晚上回家，报告学校的事情，讨论学业的问题。他们的身体在我的晚酌中渐渐地高大起来。我在晚酌中看他们升级，看他们毕业，看他们任职,就差一个没有看他们结婚。在晚酌中看成群的儿女长大成人,照一般的人生观说来是"福气",照我的人生观说来只是"兴味"。这好比饮酒赏春,眼看花草树木,欣欣向荣,自然的美,造物的用意,神的恩宠,我在晚酌中历历地感到了。陶渊明诗云:"试酌百情远,重觞忽忘天。"我在晚酌三杯以后,便能体会这两句诗的真味。我曾改古人诗云:"满眼儿孙身外事,闲将美酒对银灯。"因为沙坪小屋的电灯特别明亮。

还有一种兴味,却是千载一遇的:我在沙坪小屋的晚酌中,眼看抗战局势的好转。我们白天各自看报,晚餐桌上大家报告讨论。我在晚酌中眼看东京的大轰炸,墨索里尼的被杀,德国的败亡,独山的收复,直到《波茨坦宣言》的发出,八月十日夜日本的无条件投降。[1]我的酒味越吃越美。我的酒量越吃越大,从每晚八两增加到一斤。大家说我们的胜利是有史以来的一大奇迹。我更觉得奇怪。我的胜利的欢喜,是在沙坪小屋晚上

---

[1] 日本天皇正式宣布无条件投降应在8月15日。

吃酒吃出来的！所以我确认，世间的美酒，无过于沙坪坝的四川人仿造的渝酒。我有生以来，从未吃过那样的美酒。即如现在，我已"胜利复员，荣归故乡"，故乡的真正陈绍，比沙坪坝的渝酒好到不可比拟，我也照旧每天晚酌，然而味道远不及沙坪坝的渝酒。因为晚酌的下酒物，不是物价狂涨，便是盗贼蜂起；不是贪污舞弊，便是横暴压迫！沙坪小屋中的晚酌的那种兴味，现在了不可得了！唉，我很想回重庆去，再到沙坪小屋里去吃那种美酒。

卅六年二月于杭州

桂林的山[1]

"桂林山水甲天下"

我没有到桂林时,早已听见这句话。我预先问问到过的人,"究竟有怎样的好?"到过的人回答我,大都说是"奇妙之极,天下少有"。这正是武汉疏散人口,我从汉口返长沙,准备携眷逃桂林的时候。抗战节节

---

[1] 载1947年5月19日《天津民国日报》。

失利，我们逃难的人席不暇暖，好容易逃到汉口，又要逃桂林去。对于山水，实在无心欣赏，只是偶然带便问问而已。然而百忙之中，必有一闲。我在这一闲的时间想象桂林的山水，假定它比杭州还优秀。不然，何以可称为"甲天下"呢？

我们一家十人，加了张梓生先生家四五人，合包一辆大汽车，从长沙出发到桂林，车资是二百七十元。经过了衡阳、零陵、邵阳，入广西境。闻名已久的桂林山水，果然在二十七年六月二十四日下午展开在我的眼前。初见时，印象很新鲜，那些山都拔地而起，好像西湖的庄子内的石笋，不过形状庞大，这令人想起古画中的远峰，又令人想起"天外三峰削不成"的诗句。至于水，漓江的绿波，比西湖的水更绿，果然可爱。我初到桂林，心满意足，以为流离中能得这样山明水秀的一个地方来托庇，也是不幸中之大幸。开明书店的陆联棠经理，替我租定了马皇背（街名）的三间平房，又替我买些竹器。竹椅，竹凳，十人共用，一共花了五十八块桂币。桂币的价值比法币低一半，两块桂币换一块法币。五十八块桂币就是二十九块法币。我们到广西,弄不清楚,曾经几次误将法币当作桂币用。后来留心,买物付钱必打对折。打惯了对折,看见任何数目字都想打对折。我们是六月二十四日到桂林的。后来别人问我哪天到的,我回答"六月二十四"之后,几乎想补充一句:"就是三月十二日呀!"

桂林的山不是山,而是大石笋

汉口沦陷、广州失守之后,桂林也成了敌人空袭的目标,我们常常逃警报。防空洞是天然的,到处皆有,就在那拔地而起的山的脚下。因了逃警报,我对桂林的山愈加亲近了。桂林的山的性格,我愈加认识清楚了。我渐渐觉得这些不是山,而是大石笋,因为不但拔地而起,与地面成九十度角,而且都是青灰色的童山,毫无一点树木或花草。久而久之,我觉得桂林竟是一片平原,并无有山,只是四围种着许多大石笋,比西湖的庄子里的更大更多而已。

我对于这些大石笋，渐渐地看厌了。庭院中布置石笋，数目不多，可以点缀风景，但我们的"桂林"这个大庭院，布置的石笋太多，触目皆是，岂不令人生厌？我有时遥望群峰，想象它们是一只大动物的牙齿；有时望见一带尖峰，又想起小的时候，在寺庙里的十殿阎王的壁画中所见的尖刀山。假若天空中掉下一个巨人来，掉在这些尖峰上，一定会穿胸破肚，鲜血淋漓，同十殿阎王中所绘的一样。这种想象，使我渐渐厌恶桂林的山。这些时候听到"桂林山水甲天下"这句盛誉，我的感想与前大异：我觉得桂林的特色是"奇"，却不能称"甲"，因为甲有十全十美的意思，是总平均分数。桂林的山在天下的风景中，绝不是十全十美，其总平均分数绝不是甲。世人往往把"美"与"奇"两字混在一起，搅不清楚，其实奇是罕有少见，不一定美。美是具足圆满，不一定需要奇。三头六臂的人，可谓奇矣，但是谈不到美。天真烂漫的小孩，可谓美矣，但是并不稀奇。桂林的山，奇而不美，正同三头六臂的人一样。我是爱画的人。我到桂林，人都说"得其所哉"，意思是桂林山水甲天下，可以入我的画。这使我想起了许多可笑的事。有一次有人报告我："你的好画材来了，那边有一个人，身长不满三尺，而须长有三四寸。"我跑去一看，原来是做戏法的人带来侏儒。这男子身体不过同桌子面高，而头部是个老人。对这残疾者，我只觉得惊骇与怜悯，哪有心情欣赏他的"奇"，更谈不到美与画了。又有一次到野外写生，遇见一个相识的人，他自言熟悉当地风物，好意引导我去探寻美景，他说："最美的风景在那边，你跟我来！"我跟了他跋山涉水，走得十分疲劳，好容易走到了他的目的地，原来有一株老树，不知遭了什么劫，本身横卧在地，而枝叶依旧欣欣向上。我率直地说："这难看死了！我不要画。"其人大为扫兴，我倒觉得可惜。可惜的是他引导我来此时，一路上有不少平凡而美丽的风景，我不曾写得。而他所谓美其实是奇。美其所美非吾所谓美也！这样的事，我所经历的不少。桂林的山，便是其中之一。

仁者乐山，智者乐水

篆文的山字，是三个近乎三角形的东西。古人造象形字煞费苦心，以最简单的笔画，表出最重要的特点。像女字、手字、木字、草字、鸟字、马字、山字、水字等，每一个字是一幅 sketch（素描——编者注）。而山因为望去形似平面，故造出的象形字的模样，尤为简明。从这字上，可知模范的山，最近于三角形的，不是石笋形的；可知桂林的山，不是模范的山，只是山之一种——奇特的山。古语说："仁者乐山，智者乐水。"则又可知周围山水对于人的性格很有影响。桂林的奇特的山，给广西人一种奇特的性格，勇往直前，百折不挠，而且短刀直入，率直痛快。广西省政治办得好，有模范省之称，正是环境的影响；广西产武人，多名将，也是拔地而起的山的影响。但是讲到风景的美，则广西还是不参加为是。

"桂林山水甲天下"，本来没有说"美甲天下"。不过讲到山水，最容易注目其美。因此使桂林受不了这句盛赞。若改为"桂林山水天下奇"则庶几近情了。

卅六年三月七日于杭州

看凤凰城[1]

——黔桂流亡日记之一

杨女士送来入场券,邀我等今晚去看励志社演剧。七时同陈宝等六人入城观剧,诸儿皆揩油,我独出法币二元买一名誉券,共坐最前最中一排椅上。台上角色须眉毕见,布景上灰尘亦看得清楚。人云观剧宜远,信有理也。所演为凤凰城,即苗可秀殉国故事,各人表现皆出劲。主角苗可秀每幕出场,言行慷慨激昂,

---

[1] 载1947年10月27日《天津民国日报》。

出力尤多。苗可秀抛却妻子，其仆张生抛却恋人，而一同从戎死国。剧中关于生离死别之描写，颇能动人。我于此痛感战争之罪恶。今日偶阅苏东坡《代张方平谏用兵书》，此感尤为痛切。抄数段在此："臣闻好兵犹好色也。伤生之事非一，而好色者必死。贼民之事非一，而好兵者必亡。""且夫战胜之后，陛下可得而知者，凯旋捷奏，拜表称贺，赫然耳目之观耳。至于远方之民，肝脑屠于白刃，筋骨绝于馈饷，流离破产，鬻卖男女，薰眼折臂自经之状，陛下必不得而见也。慈父孝子孤臣寡妇之哭声，陛下必不得而闻也。譬犹屠杀牛羊、刳脔鱼鳖以为膳馐，食者甚美，见食者甚苦。使陛下见其号呼于挺刃之下，宛转于刀匕之间，虽八珍之美，必将投箸而不忍食，而况用人之命，以为耳目之观乎？""今陛下盛气于用武，势不可回，臣非不知，而献言不已者，诚见陛下圣德宽大，听纳不疑。故不敢以众人好胜之常心，望于陛下。且意陛下他日亲见用兵之害，必将哀痛悔恨，而追咎左右大臣未尝一言。臣亦将老且死，见先帝于地下，亦有以借口矣。惟陛下哀而察之。"

不知今日日本文化人中，亦有作此论者否？

剧场散出已十二时。照昔年平居杭州时惯例，必上酒面店饮酒吃炒面，然后坐黄包车返家。今日惯性犹存，然环境大非昔比，仅有一糕饼店尚未关门，买蛋糕十二块，且行且吃，返家已过夜半。

二十七年^①七月九日于宜山

---

① "二十七年"，疑为"二十八年"之误。丰子恺是1939年4月才到宜山的。

宜山遇炸[①]

——黔桂流亡日记之一

上午十时警报至。十一时许解除。下午一时许警报又至。往日有警报，我常躲避屋旁岩石间。今日不知何故，发心逃出野外，且抱新枚而逃。逃至门外半里许岩石间，见一石缝宽二三尺许，左右有石壁而上无盖，即与满姊、软软、一吟、新枚五人共入石缝中。浙大同事男女七八人亦至。十余人共钻石缝，中有一人以伞误触黄蜂窠，

---

① 载1947年11月3日《天津民国日报》。

黄蜂群起抵抗。一女人被蜇,呼痛,诸人皆逃出。而紧急警报忽发。于是诸人不复怕蜂,仍钻石缝。蜂亦不再蜇,似有知者。我本居缝口,见缝中人多,乃独赴邻近大石下,蜷卧丛草中。约十余分钟,敌机至。我从草中窥之,见九架,在我头顶稍偏东处。俄而炸弹声大作。我所卧之地面略为震动。度其远近在一里左右。如此去而复来,共投弹四次。我之环境乃岩石起伏之荒地,心知不为投弹目标。然当胡禽初次飞过头顶时,及弹声初次震响时,不免惊骇。惊骇立即变为愤怒。愤怒终于变为镇定。第四次轰炸时,我正在草间吸纸烟也。三时许解除警报。随诸儿赴城察看,见西门外体育场有直径丈余、深五六尺之地洞四个。其二分布于场中旗杆之左右,去旗杆均不过一丈,而旗杆巍然矗立,毫不倾侧,其如泥基石亦略无损坏。人言此国家基础巩固之象征也。复西行,见汽车站对面一小店被毁。军校医院亦受一弹。山谷公园(此公园以黄山谷名)中受一弹,有二人死树林下,惨不忍睹。此外直西五里外某村,受弹最多,村屋被焚。盖军校学生所居也。此次共投百余弹,死伤六七人。然大都由于无知，不避地，或避地不良，以至于死。例如公园中二尸，其身旁即有一深而窄之沟，沟中水甚浅。使二人肯入沟中，则无恙也。倘得处处设备周密，人人行动敏捷，则敌机实不能毁吾人之一毛。由此观之，空袭虽烈，亦复可怜！我个人此次所受惊骇，实为抗战以来最大之一次。二十六年十一月二十一日下午二时在石门湾缘缘堂第一次听炸弹时，虽地小弹多，危险万分，然所投皆小弹，炸声不大，且不意中突如其来（事前我等确信此全无军事设备之小镇不致被炸也），人皆不觉其可怕也。其后逃难途经杭州及南昌，皆遭逢空袭。居长沙及桂林时，亦逢数次空袭。或距离甚远，或并不投弹。居汉口时空袭最多，非但不惊，且感快意。因汉口吾国飞机甚多，一发警报，群起迎战，时将敌机击落，盖有抵抗而无恐怖也。今宜山军校所在，目标甚多；而全无抵抗，任其肆虐。我身虽可避患，而心不胜其愤。彼以利器从天上杀来，我以肉体匍匐地上，万有一死之可能。有生以来，未曾屈辱至于此极也！

二十八年七月二十一日于宜山

荒冢避警[1]

——黔桂流亡日记之一

天阴,欲雨,料无空袭,决定不上龙山。而八时一刻,警钟忽鸣。二十一日狂炸时亦阴雨天气。寇乘吾不备,将出奇以制胜也。但此间警报线甚长。自空袭警报至紧急警报,至少十余分钟。自紧急警报至来袭,亦至少七八分钟。故闻警报而走避,绰有余裕。盖自我家出门,缓行二十分钟,已达于荒凉之龙山路上,即敌机至,于

---

[1] 载1947年11月17日《天津民国日报》。

我无可如何矣。故我等闻警报，即扬长而去。中途闻解除警报。因未进朝食，即返家。时已十时，始吃朝粥。甫吃一二口，警报声又作。即弃碗筷，重上龙山之路，饿且疲，无意上龙山，息足于途中科哥山麓荒冢之旁。天雨甚，六人携三小伞，衣履尽湿。警报声已不可闻，解除与否，不得而知。但决意不返家。盖时在上午，已警钟二次，可知敌机正翱翔于附近空中，即使现已解除，下午难免再至也。时已正午，婴儿新枚随带牛奶，而吾等皆尚未进食。饥甚，偕宁馨向附近村中求食。无店铺，食物了不可得。忽见一老妪携竹筐行村旁，筐上盖白布，似是卖小食者。亟追及之，启其布，香气扑鼻，皆豆黄饽糯米团子也。大喜，即出四毫，买十六个归。而家人送粥亦至。诸人皆得果腹。时雨已晴，凉风至，衣履渐干。上午之狼狈尽去。遂于墓旁偃仰啸歌，以消遣此危险之下午。视墓碑，知墓中人为宜山承审员，去年卜葬于此者。墓前有石凳，可供我等坐憩。墓封甚高，可以遮风。新枚睡，即卧墓旁草中。青蛙跳登其胸，蚂蚁巡游其颈，而新枚熟睡如故。五时归家，知一时解除警报后,并无第三次警报。夜与家人议迁居。我主张远行,卜居天河,使老幼皆得安居,然后独赴宜山浙大上课。此事宜力图之。

二十八年七月二十八日于宜山

江行观感[1]

译完了柯罗连科的《我的同时代人的故事》第一卷三十万字之后，原定全家出门旅行一次，目的地是庐山。脱稿前一星期已经有点心不在稿；合译者一吟的心恐怕早已上山，每天休息的时候搁下译笔（我们是父女两人逐句协商，由她执笔的），就打电话探问九江船期。终于在寄出稿件后三天的七月廿六日清晨，父母子女

---

[1] 载1956年12月12日《解放日报》。

及一外孙一行五人登上了江新轮船。

胜利还乡时全家由陇海路转汉口，在汉口搭轮船返沪之后，十年来不曾乘过江轮。菲君（外孙）还是初次看见长江。站在船头甲板上的晨曦中和壮丽的上海告别，乘风破浪溯江而上的时候，大家脸上显出欢喜幸福的表情。我们占居两个半房间：一吟和她母亲共一间，菲君和他小娘舅新枚共一间，我和一位铁工厂工程师吴君共一间。这位工程师熟悉上海情形，和我一见如故，替我说明吴淞口一带种种新建设，使我的行色更壮。

江新轮的休息室非常漂亮：四周许多沙发，中间好几副桌椅，上面七八架电风扇，地板上走路要谨防滑跤。我在壁上的照片中看到：这轮船原是战争期间被敌机炸沉，后来捞起重修，不久以前才复航的。一张照片是刚刚捞起的破碎不全的船壳，另一张照片是重修完竣后的崭新的江新轮，就是我现在乘着的江新轮。我感到一种骄傲，替不屈不挠的劳动人民感到骄傲。

新枚和他的捷克制的手风琴，一日也舍不得分离，背着它游庐山。手风琴的音色清朗像竖琴，富丽像钢琴，在云山苍苍、江水泱泱的环境中奏起悠扬的曲调来，真有"高山流水"之概。我呷着啤酒听赏了一会，不觉叩舷而歌，歌的是十二三岁时在故乡石门湾小学校里学过的、沈心工先生所作的扬子江歌：

> 长长长，亚洲第一大水扬子江。
> 源青海兮峡瞿塘，蜿蜒腾蛟蟒。
> 滚滚下荆扬，千里一泻黄海黄。
> 润我祖国千秋万岁历史之荣光。

反复唱了几遍，再教手风琴依歌而和之，觉得这歌曲实在很好；今天在这里唱，比半世纪以前在小学校里唱的时候感动更深。这歌词完全是中国风的，句句切题，描写得很扼要；句句叶音，都叶得很自然。新时代的学校唱歌中，这样好的歌曲恐怕不多呢。因此我在甲板上热情地重温这儿时旧曲。不过在这里奏乐、唱歌，甚至谈话，常常有美中不足之感。你道为何？各处的扩音机声音太响，而且广播的时间太多，差不多终日不息。我的房间门口正好装着一个喇叭，倘使镇日坐在门口，耳朵说不定会震聋。这设备本来很好：报告船行情况，通知开饭时间，招领失物，对旅客都有益。然而报告通知之外不断地大声演奏各种流行唱片，声音压倒一切，强迫大家听赏，这过分的盛意实在难于领受。我常常想向轮船当局提个意见，希望广播轻些，少些。然而不知为什么，大概是生怕多数人喜欢这一套吧，终于没有提。

轮船在沿江好几个码头停泊一二小时。我们上岸散步的有三处：南京、芜湖、安庆。好像有一根无形的绳索系在身上，大家不敢走远去，只在码头附近闲步闲眺，买些食物或纪念品。南京真是一个引人怀古的地方，我踏上它的土地，立刻神往到六朝、三国、春秋吴越的远古，阖闾、夫差、孙权、周郎、梁武帝、陈后主……都闪现在眼前。望见一座青山。啊，这大约就是诸葛亮所望过的龙蟠钟山吧！偶然看见一家店铺的门牌上写着邯郸路，邯郸这两个字又多么引人怀古！我买了一把小刀作为南京纪念，拿回船上，同舟的朋友说这是上海来的。

芜湖轮船码头附近没有市街，沿江一条崎岖不平的马路旁边摆着许多摊头。我在马路尽头的一副担子上吃了一碗豆腐花就回船。安庆的码头附近很热闹。我们上岸，从人丛中挤出，走进一条小街，透迤曲折地走到了一条大街上，在一爿杂货铺里买了许多纪念品，不管它们是哪里来的。在安庆的小街里许多人家的门前，我看到了一种平生没有见过的家具，这便是婴孩用的坐车。这坐车是圆柱形的，上面一个圆圈，下面一个底盘，四根柱子把圆圈和底盘连接；中间一个座位，婴儿坐在这座位上；底盘下面有四个轮子，便于推动。座位前面有一个特别装置：二三寸阔的一条小板，斜斜地装在座位和底盘上，与底盘成四五十度角，小板两旁有高起的边，仿佛小人国里的儿童公园里的滑梯。我初见时不解这滑梯的意义，一想就恍然大悟了它的妙用。记得我婴孩时候是站立桶的。这立桶比桌面高，四周是板，中间有一只抽斗，我的手靠在桶口上，脚就站在抽斗里。抽斗底上有桂圆大的许多洞，抽斗下面桶底上放着灰箩，妙用就在这里。然而安庆的坐车比较起我们石门湾的立桶来高明得多。这装置大约是这里的子烦恼①的劳动妇女所发明的吧?安庆子烦恼的人大约较多,刚才我挤出码头的时候,就看见许多五六岁甚至三四岁的小孩子。这些小孩子大约是从子烦恼的人家溢出到码头上来的。我想起了久不见面的邵力子先生。

轮船里的日子比平居的日子长得多。在轮船里住了三天两夜,胜如平居一年半载,所有的地方都熟悉,外加认识了不少新朋友。然而这还是庐山之游的前奏曲。踏上九江的土地的时候,又感到一种新的兴奋,仿佛在音乐会里听完了一个节目而开始再听另一个新节目似的。

---

① "子烦恼"是石门湾旧有的一种说法,指一个接一个生孩子,没节制,感到烦恼。

九江印象①

九江是一个可爱的地方，虽然天气热到九十五度②，还是可爱。我们一到招待所，听说上山车子挤，要宿两晚才有车。我们有了细看九江的机会。

"家临九江水，来去九江侧。同是长干人，生小不相识。"（崔颢）"浔阳江头夜送客，枫叶荻花秋瑟瑟。"（白居易）常常替诗人当模特儿的九江，受了诗的美化，

---

① 载1956年10月3日上海《文汇报》，系"庐山游记之二"。
② "九十五度"，指华氏度。

到一千多年后的今天风韵犹存。街道清洁，市容整齐；遥望冈峦起伏的庐山，仿佛南北高峰；那甘棠湖正是具体而微的西湖。九江居然是一个小杭州。但这还在其次。九江的男男女女，大都仪容端正。极少有奇形怪状的人物。尤其是妇女们，无论群集在甘棠湖边洗衣服的女子，还是提着筐挑着担在街上赶路的女子，一个个相貌端正，衣衫整洁，其中没有西施，但也没有嫫母。她们好像都是学校里的女学生。但这也还在其次。九江的人态度都很和平，对外来人尤其客气。这一点最为可贵。二十年前我逃难经过江西的时候，有一个逃难伴侣告诉我："江西人好客。"当时我扶老携幼在萍乡息足一个多月，深深地感到这句话的正确。这并非由于萍乡的地主（这地主是本地人的意思）夫妇都是我的学生的缘故，也并非由于"到处儿童识姓名"（马一浮先生赠诗中语）的缘故。不管相识不相识，萍乡人一概殷勤招待。如今我到九江，二十年前的旧印象立刻复活起来。我们在九江，大街小巷都跑过，南浔铁路的火车站也到过。我仔细留意，到处都度着和平的生活，绝不闻相打相骂的声音。向人问路，他恨不得把你送到目的地。我常常惊讶地域区别对风俗人情的影响的伟大。萍乡和九江，相去很远，然而同在江西省的区域之内，其风俗人情就有共通之点。我觉得江西人的"好客"确是一种美德，是值得表扬、值得学习的。我说九江是一个可爱的地方，主要点正在于此。

九江街上瓷器店特别多，除了瓷器店还有许多瓷器摊头。瓷器之中除了日用瓷器还有许多瓷器玩具：猫、狗、鸡、鸭、兔、牛、马、儿童人像、妇女人像、骑马人像、罗汉像、寿星像，各种各样都有，而且大都是上彩釉的。这使我联想起无锡来。无锡惠山等处有许多泥玩具店，也有各种各样的形象，也都是施彩色的。所异者，瓷和泥质地不同而已。在这种玩具中，可以窥见中国手艺工人的智巧。他们都没有进过美术学校雕塑科，都没有学过素描基本练习，都没有学过艺用解剖学，全凭天生的智慧和熟练的技巧，刻画出种种形象来。这些形象大都肖似实物，大多姿态优美，神气活现。而瓷工比较起泥工来，据我猜想，更加复杂困难。

因为泥质松脆，只能塑造像坐猫、蹲兔那样团块的形象。而瓷质坚致，马的四只脚也可以塑出。九江瓷器中的八骏，最能显示手艺工人的天才。那些马身高不过一寸半，或俯或仰，或立或行，骨骼都很正确，姿态都很活跃。我们买了许多，拿回寓中，陈列在桌子上仔细欣赏。唐朝的画家韩幹以画马著名于后世。我没有看见过韩幹的真迹，不知道他的平面造型艺术比较起江西手艺工人的立体造型艺术来高明多少。韩幹是在唐明皇的朝廷里做大官的。那时候唐明皇有一个擅长画马的宫廷画家叫作陈闳。有一天唐明皇命令韩幹向陈闳学习画马。韩幹不奉诏，回答唐明皇说："臣自有师。陛下内厩之马，皆臣师也。"我们江西的手艺工人，正同韩幹一样，没有进美术学校从师，就以民间野外的马为师，他们的技术是全靠平常对活马观察研究而提升起来的。我想唐朝时代民间一定也不乏像江西瓷器手艺工人那样聪明的人，教他们拿起画笔来未必不如韩幹。只因他们没有像韩幹那样做大官，不能获得皇帝的赏识，因此湮没无闻；而韩幹独侥幸著名于后世。这样想来，社会制度不良的时代的美术史，完全是偶然形成的。

我们每人出一分钱，搭船到甘棠湖里的烟水亭去乘凉。这烟水亭建筑在像杭州西湖湖心亭那样的一个小岛上，四面是水，全靠渡船交通九江大陆。这小岛面积不及湖心亭之半，而树木甚多。树下设竹榻卖茶。我们躺在竹榻上喝茶，四面水光潋滟，风声猎猎，九十度以上的天气也不觉得热。有几个九江女郎也摆渡到这里的树荫底下来洗衣服。每一个女郎所在的岸边的水面上，都以这女郎为圆心而画出层层叠叠的半圆形的水浪纹，好像半张极大的留声机片。这光景真可入画。我躺在竹榻上，无意中举目正好望见庐山。陶渊明"采菊东篱下，悠然见南山"，大概就是这种心境吧。预料明天这时光，一定已经身在山中，也许已经看到庐山真面目了。

庐山面目[1]

"咫尺愁风雨,匡庐不可登。只疑云雾里,犹有六朝僧。"(钱起)这位唐朝诗人教我们"不可登",我们没有听他的话,竟在两小时内乘汽车登上了匡庐。这两小时内气候由盛夏迅速进入了深秋。上汽车的时候九十五度,在汽车中先藏扇子,后添衣服,下汽车的时候不过七十几度了。赴第三招待所的汽车驶过正

---

[1] 载1956年10月4日上海《文汇报》,系"庐山游记之三"。

街闹市的时候，庐山给我的最初印象竟是桃源仙境：土地平旷，屋舍俨然；有茶馆、酒楼、百货之属；黄发垂髫，并怡然自乐。不过他们看见了我们没有"乃大惊"，因为上山避暑休养的人很多，招待所满坑满谷，好容易留两个房间给我们住。庐山避暑胜地，果然名不虚传。这一天天气晴明。凭窗远眺，但见近处古木参天，绿荫蔽日；远处冈峦起伏，白云出没。有时一带树林忽然不见，变成了一片云海；有时一片白云忽然消散，变成了许多楼台。正在凝望之间，一朵白云冉冉而来，钻进了我们的房间里。倘是幽人雅士，一定大开窗户，欢迎它进来共住；但我犹未免为俗人，连忙关窗谢客。我想，庐山真面目的不容易窥见，就为了这些白云在那里作怪。

庐山的名胜古迹很多，据说共有两百多处。但我们十天内游踪所到的地方，主要的就是小天池、花径、天桥、仙人洞、含鄱口、黄龙潭、乌龙潭等处而已。夏禹治水的时候曾经登大汉阳峰，周朝的匡俗曾经在这里隐居，晋朝的慧远法师曾经在东林寺门口种松树，王羲之曾经在归宗寺洗墨,陶渊明曾经在温泉附近的栗里村住家,李白曾经在五老峰下读书,白居易曾经在花径咏桃花,朱熹曾经在白鹿洞讲学,王阳明曾经在舍身岩散步,朱元璋和陈友谅曾经在天桥作战……古迹不可胜计。然而凭吊也颇伤脑筋,况且我又不是诗人,这些古迹不能激发我的灵感,跑去访寻也是枉然,所以除乘便之外,大都没有专诚拜访。有时我的太太跟着孩子们去寻幽探险了,我独自高卧在海拔一千五百米的山楼上看看庐山风景照片和导游之类的书,山光照槛,云树满窗,尘嚣绝迹,凉生枕簟,倒是真正的避暑。我看到天桥的照片,游兴发动起来,有一天就跟着孩子们去寻访。去断崖的途中,一位挂着南京大学徽章的教授告诉我:"上面路很难走,老先生不必去吧。天桥的那条石头大概已经跌落,就只是这么一个断崖。"我抬头一看,果然和照片中所见不同:照片上是两个断崖相对,右面的断崖上伸出一根大石条来,伸向左面的断崖,但是没有达到,相距数尺,仿佛一脚可以跨过似的。然而实景中并没有石条,只是相距若干丈的两个断崖，我们所登的便是左面的断崖。我想：这地方叫作天桥，大概那根石条就是桥，如今桥已经跌落了。我们在断崖上坐看云起，卧听鸟鸣，又拍了几张照片，逍遥地步行回寓。晚餐的时候，我向管理局的同志探问这条桥何时跌落，他回答我说，本来没有桥，那照相是从某角度望去所见的光景。啊，我恍然大悟了：那位南京大学教授和我谈话的地方，即离开左面的断崖数十丈的地方，我的确看到有一根不很大的石条伸出在空中，照相镜头放在石条附近适当的地方，透视法就把石条和断崖之间的距离取消，拍下来的就是我所欣赏的照片。我略感不快，仿佛上了资本主义社会的商业广告的当。然而就照相术而论，我不能说它虚伪，只是"太"巧妙了些。天桥这个名字也古怪，没有桥为什么叫天桥？

含鄱口左望扬子江，右瞰鄱阳湖，天下壮观，不可不看。有一天我们果然爬上了最高峰的亭子里。然而白云作怪，密密层层地遮盖了江和湖，不肯给我们看。我们在亭子里吃茶，等候了好久，白云始终不散，望下去白茫茫的,一无所见。这时候有一个人手里拿一把芭蕉扇,走进亭子来。他听见我们五个人讲土白,就和我招呼,说是同乡。原来他是湖州人,我们石门湾靠近湖州边界,语音相似。我们就用土白同他谈起天来。土白实在痛快,个个字入木三分,极细致的思想感情也充分表达得出。这位湖州客也实在不俗,句句话都动听。他说他住在上海,到汉口去望儿子,归途在九江上岸,乘便一游庐山。我问他为什么带芭蕉扇,他回答说,这东西妙用无穷:热的时候扇风,太阳大的时候遮阴,下雨的时候代伞,休息的时候当坐垫,这好比济公活佛的芭蕉扇。因此后来我们谈起他的时候就称他为济公活佛。互相叙述游览经过的时候,他说他昨天上午才上山,知道正街上的馆子规定时间卖饭票,他就在十一点钟先买了饭票,然后买一瓶酒,跑到小天池,在革命烈士墓前奠了酒,游览了一番,然后拿了酒瓶回到馆子里来吃午饭,这顿午饭吃得真开心。这番话我也听得真开心。白云只管把扬子江和鄱阳湖封锁,死不肯给我们看。时候不早,汽车在山下等候,我们只得别了济公活佛回招待所去。此后济公活佛就变成了我们的谈话资料。姓名、地址都没有问，再见的希望绝少，我们已经把他当作小说里的人物看待了。谁知天地之间事有凑巧：几天之后我们下山，在九江的浔庐餐厅吃饭的时候，济公活佛忽然又拿着芭蕉扇出现了。原来他也在九江候船返沪。我们又互相叙述别后游览经过。此公单枪匹马，深入不毛，所到的地方比我们多。我只记得他说有一次独自走到一个古塔的顶上，那里面跳出一只黄鼠狼来，他打湖州白说："渠被俉吓了一吓，俉也被渠吓了一吓！"我觉得这简直是诗，不过没有叶韵。宋杨万里诗云："意行偶到无人处，惊起山禽我亦惊。"岂不就是这种体验吗？现在有些白话诗不讲叶韵，就把白话写成每句一行，一个"但"字占一行，一个"不"也占一行，内容不知道说些什么，我真不懂。这时候我想：倘能说得像我们的济公活佛那样富有诗趣，不叶韵倒也没有什么。

在九江的浔庐餐厅吃饭，似乎同在上海差不多。山上的吃饭情况就不同：我们住的第三招待所离开正街有三四里路，四周毫无供给，吃饭势必包在招待所里。价钱很便宜，饭菜也很丰富。只是听凭配给，不能点菜，而且吃饭时间限定。原来这不是菜馆，是一个膳堂，仿佛学校的饭厅。我有四十年不过饭厅生活了，颇有返老还童之感。跑三四里路，正街上有一所菜馆。然而这菜馆也限定时间，而且供应量有限，若非趁早买票，难免枵腹游山。我们在轮船里的时候，吃饭分五六班，每班限定二十分钟，必须预先买票。膳厅里写明请勿喝酒。有一个乘客说："吃饭是一件任务。"我想：轮船里地方小，人多，倒也难怪；山上游览之区，饮食一定便当。岂知山上的菜馆不见得比轮船里好些。我很希望下年这种情况能得以改善。为什么呢？这到底是游览之区，并不是学校或学习班！人们长年劳动，难得游山玩水，游兴好的时候难免吃饭会延迟些，跑得肚饥的时候难免想吃些点心。名胜之区的饮食供应倘能满足游客的愿望，使大家能够畅游，岂不是美上加美吗？然而庐山给我的总是好感，在饮食方面也有好感：青岛啤酒开瓶的时候，白沫四散喷射，飞溅到几尺之外。

我想，我在上海一向喝光明啤酒，原来青岛啤酒气足得多。回家赶快去买青岛啤酒，岂知开出来同光明啤酒一样，并无白沫飞溅。啊，原来是海拔一千五百米的气压的关系！庐山上的啤酒真好！

一九五六年九月作于上海

有头有尾[①]

——参观江西革命根据地随笔

赣州有一种名菜,叫作"鱼头鱼尾羹"。这是一碗淡黄色的羹,两边露出一个鱼头和一个鱼尾。表面看去,这碗里盛着一个鱼,鱼身淹没在羹中,鱼头鱼尾露出在外面。然而实际上只是一碗羹,里面并没有鱼身,只是一个鱼头和一个鱼尾装饰在碗的两边上。羹是用蛋和鱼肉做成的,味道非常鲜美。吃到碗底,看见一

---

① 载1961年10月13日上海《文汇报》。

根鱼骨,鱼头鱼尾就长在这鱼骨的两端,这些是看而不吃的。据说这是"有头有尾"的意思。

我们这江西革命根据地参观团二十几个人中,我和夏理彬医师是吃素的,夏医师吃素很严格。我比他宽些:肉类绝对不能吃,不得已时吃些鱼也无妨。但是这回看到这碗鱼头鱼尾羹,非不得已也吃了。因为我喜爱这菜名的意义:有头有尾,贯彻到底。饭后我作了一首小诗[①]:

赣州有名菜,鱼头鱼尾羹。

我爱此佳肴,教育意味深:

有头必有尾,有叶必有根;

有始必有终,坚决不变心。

革命须到底,有志事竟成。

我爱此意义,多吃一瓢羹。

---

① 此诗题为《鱼头鱼尾羹》。

八境公园里有一个地方壁上刻着一句话:"以革命的意义想想过去,以革命的精神对待现在,以革命的志气创造未来。"这就是革命有头有尾的意思吧。江西革命根据地的人民的确体现了这种精神:他们过去艰苦奋斗,不惜牺牲,终于取得了胜利;现在还是本着艰苦奋斗的传统精神,努力于社会主义建设。所以新中国成立以来,各地的建设迅速发展,有如雨后春笋;日新月异,有如百花竞放。像赣州这八境公园,设计之妥善,布置之新颖,装饰之美观,尤其是地势之优胜,在我们上海是找不出可比拟的。我永远不能忘记那天在八境台上的集会。

八境台位于八境公园中曲径通幽之处,建立在一个小山上。是日也,天朗气清,凭栏远眺,可以望见章江和贡江合流的交点。细看波纹,两条江水汇合的地方隐约有界线可辨;奔腾澎湃,异途同归,仿佛是井冈山会师的象征,真是天下之伟观啊!两岸山上树木郁郁苍苍,其间处处露出红色的屋顶来,是工厂及疗养院之类的建筑物。隔江遥望郁孤台,我想起了辛稼轩"郁孤台下清江水,中间多少行人泪"之句,窃笑稼轩当年登台时情怀的凄凉,又窃喜我今天登台时心境的愉快。两江沿岸,青青的作物漫山遍野,说明赣南土地的肥沃与生产的丰富。听说今年已经遭过两次旱灾和七次水灾,然而一点也没有灾荒的痕迹,这又说明着赣州人民的干劲。当我们在八境台集会的时候,就有一位七十八岁的老翁陈锐朗诵一首七律来欢迎我们。诗云:

济济群贤集上游,登临消尽古今愁。

江分章贡滩声急,雨洗崆峒景色幽。

文化千年留胜迹,物资八面集虔州。

烽烟销仗东风力,世界和平不用忧。

接着有人拿出文房四宝来,要我作画留念。我想,今天这个盛会,草草画几笔不足以纪念;仔细经营描写呢,又为环境和时间所不许。怎么办呢?忽然计上心来,我利用茶会的时间,嗑着瓜子,和了一首诗;迅速地写了一条立幅交卷,并约以后作画补呈。从南昌陪我们来此的潘震亚副省长就扯起了江西调头，把我的和章当众朗诵一遍：

> 负笈迢迢胜地游，关山易越不须愁。
> 双江合处三山艳，八境台前五岭幽。
> 樟木钨砂多特产，英雄战士壮名州。
> 地灵人杰天时好，远大前程永勿忧。[①]

回寓后我写了一幅双江合流图，送给八境台留念。同人中为此游赋诗填词者甚多。我们此次是为了接受革命传统教育而负笈来游的；但这八境台之会竟成了一个雅集，使得这次参观团的活动更加丰富多彩了。

主人殷勤招待，临行前一日又引导我们去游览通天岩。岩在市外十余里之处，不甚高，但是布置设备都很新颖整洁，这也是新中国成立之后重修过的。岩上有石屋，宽广可容数十人坐卧。石屋外面岩壁上雕刻

---

① 此诗载 1961 年 9 月 17 日《赣南日报》，题为《辛丑新秋参观江西革命根据地游赣州登八境台》。

着无数佛像、神像和明清以来许多游客的题词。其中有一处名曰"忘归岩",内有两张天然的石床。我试躺一下,觉得很舒服。岩壁上刻着王守仁的题诗:

青山随地佳,岂必故园好?
但得此身闲,尘寰亦蓬岛。
西林日初暮,明月来何早?
醉卧石床凉,洞云秋未扫。

我对步韵发生了兴味,也和了他一首:

石屋何轩敞,坐憩心情好。
雕像满四壁,如入群仙岛。
身在忘归岩,谁肯归去早?
仰卧石床上,碧天净如扫。

次日告别赣州,我在归车中回想:赣州人不但富有革命精神,而且富有艺术趣味。风景区建设的优美精致和对来宾招待的殷勤风雅，充分说明他们的生活之丰富。怪不得连筵席上的一盘羹都含有教育意义和人生情味了。这真是可佩服的，可学习的。我在归车中又填了一阕《菩萨蛮》[①]送给赣州：

  郁孤台上秋风袅，虔州圣地双江抱。草木尽生光，山川万里香。 崆峒眉样秀，章贡眼波溜。沃野绿无边，穰穰大有年。

一九六一年十月九日记于上海

---

① 此词载 1961 年 10 月 8 日《解放日报》。

化作春泥更护花[1]

——参观江西革命根据地随笔

我平生——孩童时代不算——难得流眼泪;但这次在南昌的烈士纪念堂里,竟流了不少。这里面的灵堂里,左右两排玻璃柜子,里面陈列着许多装潢很隆重的册子,是当年江西各地为解放战争而牺牲的烈士的名册。翻开来一看,里面记录着烈士的姓名、年岁、籍贯等;各村、各乡分别造册,有的一村牺牲数千名,

---

[1] 载 1961 年 10 月 13 日上海《文汇报》。

有的一乡牺牲数万名，都用工整的楷书历历地记载着。楼上几个大房间的墙壁上，挂着许多烈士的照片，鲁迅先生记录过的刘和珍女烈士亦在其内。玻璃柜子里陈列着各烈士的遗物，有书册、信件、器什、血衣等，教人看了更是悲愤交集。

江西人民为革命付出了巨大的代价！据报道：第一次大革命时期江西全省人口有二千六百多万。到了一九四九年的时候，只剩下一千三百万。这就是说，在革命的斗争中被反动派摧残了一半人口。长征开始之后，国民党在江西各革命根据地进行了疯狂的烧杀。他们提出三句口号，叫作"茅厕要过火，石头要过刀，人要换种"。这期间江西人民死在敌人屠刀之下的共有七十多万。宁都县满门抄斩的有八千三百家。井冈山的村落全部被烧光。兴国一县参军者有六万多人，参加长征者有三万多人；新中国成立时只剩三百多人。

江西人民用千百万生命换得了胜利！这些烈士的血化作了革命的动力，激励了全国人民的心，取得了巨大的胜利。我瞻仰烈士纪念堂之后，想起了古人的两句诗：

"落红不是无情物,化作春泥更护花。"这两句诗看似风雅优美,其实沉痛悲壮;看似消沉的,其实是积极的。这就是"化悲愤为力量"!我把这两句诗吟了几遍,胸中的郁勃才消解了些。

我在南昌又参观了"八一纪念馆"。这里面陈列着八一起义时的各种纪念物。其中有当时所用的茶水缸、马灯、手电筒、武器以及红军的用品等,教人看了非常感动。这屋子本来是江西大旅社。周恩来、叶挺等同志当时住过的房间、用过的会议室,都照当时的原样保存着。朱德同志用过的手枪,也陈列在这里。贺龙指挥部的楼窗上,还留着当时的弹痕呢!

我又参观了当年朱德同志领导的"军官教导团"的旧址。现在这里面住着军士,但有一个房间里保留着朱德同志当时所用的床。这张床真使人吃惊:不但没有棕绷,竟连松板也没有,只是在木框子上钉着八九条竹片,每两条之间相距有一两寸,上面铺一条薄薄的褥子,是当时的原物。我用手按按褥子,底下的竹片就一条一条地突出来,想见身体躺在这上面,是很不舒服的。

如果躺过一夜，早上起来说不定身上会起条纹呢。我想想这种艰苦奋斗的精神，觉得愧感交集。我住在南昌的江西宾馆里，睡的是席梦思床，同这张床比较起来，真是天差地远。我有什么功德，今天来享受这幸福呢？

这种艰苦奋斗的精神，普遍地贯彻在江西革命根据地人民的心中。据当地的老英雄们说：他们为了支援前线，宁可自己少吃少穿。在极艰苦的期间，他们曾经发起"每天每人节约一两米、一个铜板"的运动。当干部的每人每天只有十二两米和一角钱的菜钱。为了支援红军，还有主动提出自带粮食、不吃公粮的。当时瑞金的人民有一支歌："白塔巍峨矗立，绵江长流向东。红色儿女前仆后继，任凭血雨腥风。"赣南区党委的第一书记刘建华同志曾经参加游击战十九年，直到新中国成立。他告诉我们：那时候敌人搜山"清剿"，游击队天天要从这山头转到那山头，躲避危险。特别是从一九三五年到一九三七年，最为艰苦，三年间极少有脱衣服睡觉的日子。吃的是野菜、竹笋，有时简直挨饿。冬天没有棉被，坐在火堆旁边过夜。虽然敌人颁布了"通匪者杀"和"移民并村"等恶毒的政策,但是群众还是冒着生命危险,给游击队送情报、送衣服、送粮食。真是艰苦卓绝啊!

这种艰苦卓绝的精神和这种悲愤,都化作了无穷大的力量,取得了辉煌的胜利,又推动着伟大的社会主义建设。因人成事而坐享成果的我们,安得不感谢这些烈士和英雄,而尽心竭力地为社会主义建设服务呢?我在南昌填了一阕《望江南》①:

南昌好,八一建奇勋。饮水思源怀烈士,揭竿起义忆群英。青史永留名。

---

① 此词载1961年10月8日《解放日报》。

饮水思源[1]

——参观江西革命根据地随笔

你看,我衣襟上挂着一个金碧辉煌的徽章,这是我在参观瑞金革命根据地的时候,当地人送我的。瑞金地方,革命纪念地独多,前往瞻仰的人不绝,所以当地人特制一种徽章,赠送给参观者,让他们也沾一些光。

这徽章红地金边,浮雕着一个红军烈士纪念塔和一个五角星,题着"参观瑞金纪念"六个金字。这红军烈

---

[1] 载1961年10月14日《解放日报》。

士纪念塔建设在瑞金附近的叶坪。我曾经到叶坪参观。这是一个乡村，青山环绕，古木参天。这些古木都是合抱不交的大樟树，根枝盘曲，形似虬龙。其中有当年的临时中央工农民主政府遗址，有毛主席的故居，都是些旧式老屋，土墙板壁，泥地纸窗；和我们在瑞金寓居的高大华丽而卫生设备齐全的洋楼比较起来，相差足有两个世纪。这里面有当时领导同志们所住的房间、所用的办公室以及会议厅等，都有牌子标示着。室中动用器杂，都照老样，有些确是原物，有些是曾经损坏而照原样修补或仿制的。我目睹这些光景，回想当年斗争中的艰苦生活和坚毅精神，对照着目前新中国的巨大胜利和辉煌建设，抚今思昔，不觉愧感交集，五体投地。我们现在幸福地享受着胜利果实，原来这果实是这样艰辛地培植出来的！

红军烈士纪念塔建设在一个广场上，对面是一个阅兵台。塔和台之间，地上用水门汀砌出九个大字："踏着先烈的血迹前进！"附近便是毛主席的故居。这故居是一栋非常陈旧而低小的楼屋，房间只有一个窗洞，装着几根木栅。屋外有三株老樟树,都是合抱不交的,那些枝干交错纵横,望去形似假山。据说当年毛主席常常在这些大树底下读书。如果我当时看到这情景,一定当他是个隐士。岂知这隐士胸中正在旋转乾坤,决胜千里之外!

附近还有一株极大的樟树,那些根形成一个环门,环门里面掘着一个很深的洞,是当时躲避敌人飞机用的防空洞兼金库。现在遍布全国各地的人民银行,都是由这个洞变成的!

瑞金附近还有一个乡村,叫作沙洲坝。这地方有一个井,名叫"红井",是当年毛主席亲自参加挖掘的。那口井旁边立着一块牌子,上面题着字:"吃水不忘挖井人,时刻想念毛主席。"后面记着:"一九五一年三月沙洲坝全体人民敬立。"我在这井畔俯仰徘徊,不忍遽去。前几天我道经南昌的时候,参观"八一纪念馆",看见里面陈列着八一起义时的各种纪念物——盛茶水的缸、马灯、手电筒、杯盏、刀枪、衣服等,都是极粗陋的,充分说明当时斗争中的艰苦生活。我的愧感达到了惶恐的程度。参观后,主管人拿出册子来要我题字,我乘着兴奋题了"饮水思源"四个大字。现在看到这个红井,心中纳罕:这真是饮水思源了!我就摸出手册来替这红井画了一幅图画。在瑞金的寓楼里,我听当地一位书记的报告:当时毛主席和人民一起生活,一起劳动。当农民们插秧休息的时候,毛主席下田去帮他们插。沙洲坝的人民至今传为美谈。

回到瑞金城内参观革命纪念馆的时候,我又受到了极大的感动。这纪念馆楼上有一个房间里陈列着一块破旧了的暗红色的招牌,上面题着"中央内务人民委员会"九个大字。这是当年被"围剿"的时候老百姓偷藏起来,保存到今天的。大概偷藏在阴暗潮湿的地方,所以边缘都腐烂了,红色都晦暗了,字迹也有些模糊了。这偷藏是一件极大的冒险工作!如果被反动派查出,全家性命交关呢!人民肯冒极大的危险,拼全家性命来保藏这块招牌,足证人民对革命政府的爱护之心深切到无以复加了!全仗着毛主席的英明领导和这些人民的忠诚拥护,革命才能成功,中国才能解放,我们才能享福！

革命纪念馆里还有一只玻璃柜子，也引起我强烈的感动。这里面陈列着各种草，是当年斗争中红军当饭吃的。因为他们常常躲藏在深山中，粮食供应断绝，就采这些草来当饭吃。草有五种，分别叫作"人参果""艾子菜""秋鱼菜""野苋菜""车藤草"。这些草陈列在柜子里，现在当然枯焦了，但看形状，可以想见是一般人不会吃的野草。我们这次访问瑞金，蒙当地政府隆重招待，吃的是鸡鸭鱼肉。我和夏理彬医生虽然吃素，但用眼睛来享受了荤菜，又用嘴巴来享受精美的素菜，想起了当年红军吃这五种野草，真惭愧得背上流汗！

这种艰苦奋斗的精神，给了我很大的革命教育，而且当场就应验：有一次我们去参观一个矿山，为了有些同人进矿穴去参观，出来得迟了，我们到两点多钟才吃午饭。我着实觉得肚饥；然而一想起当年战士们艰苦奋斗的精神，肚子就不饿了，觉得即使不吃一餐中饭，也算不了一回事。又有一次，我在上井冈山的途中患病了，在兴国的招待所里躺了一天。虽然是医生照顾得好，但一半是江西人民的革命精神的感召，使我次日就退热，终于赶上队伍，上井冈山。我平日在家里，一经发烧，就要缠绵床褥至十余天之久；这次立刻复健，显然是受了革命精神的感召。

我感谢江西革命根据地的人民，我决心学习他们的革命精神，为社会主义建设做出更大的贡献。我在归车里作了一首小诗[1]，附录于此：

闻道瑞金好，雄名震四方。

当年鏖战地，今日富饶乡。

红井千秋泽，青山百世芳。

功成遗迹在，抵掌话沧桑。

一九六一年十月六日记于上海

---

[1] 此诗载 1961 年 10 月 8 日《解放日报》，题为《瑞金》。

黄山印象[1]

看山,普通总是仰起头来看的。然而黄山不同,常常要低下头去看。因为黄山是群山,登上一个高峰,就可俯瞰群山。这教人想起杜甫的诗句:"会当凌绝顶,一览众山小。"而精神为之兴奋,胸襟为之开朗。我在黄山盘桓了十多天,登过紫云峰、立马峰、天都峰、玉屏峰、光明顶、狮子林、眉毛峰等山,常常爬到绝顶,

---

[1] 载1961年5月28日《解放日报》。

有如苏东坡游赤壁的"履巉岩，披蒙茸，踞虎豹，登虬龙，攀栖鹘之危巢，俯冯夷之幽宫"。

在黄山中，不但要低头看山，还要面面看山。因为方向一改变，山的样子就不同，有时竟完全两样。例如从玉屏峰望天都峰，看见旁边一个峰顶上有一块石头很像一只松鼠，正在向天都峰跳过去的样子。这景致就叫"松鼠跳天都"。然而爬到天都峰上望去，这松鼠却变成了一双鞋子。又如手掌峰，从某角度望去竟像一个手掌，五根手指很分明。然而峰回路转，这手掌就变成了一个拳头。其他如"罗汉拜观音""仙人下棋""喜鹊登梅""梦笔生花""鳌鱼驮金龟"等景致，也都随时改样，变幻无定。如果我是个好事者，不难替这些石山新造出几十个名目来，让导游增加些讲解资料。然而我没有这种雅兴，却听到别人新起了两个很好的名目：有一次我们从西海门凭栏俯瞰，但见无数石山拔地而起，真像万笏朝天。其中有一个石山由许多方形石块堆积起来，竟同玩具中的积木一样，使人不相信是天生的，而疑心是人工的。导游告诉我：

有一个上海来的游客，替这石山起个名目，叫作"国际饭店"。我一看，果然很像上海南京路上的国际饭店。有人说这名目太俗气，欠古雅。我却觉得有一种现实的美感，比古雅更美。又有一次，我们登光明顶，望见东海（这海是指云海）上有一个高峰，腰间有一个缺口，缺口里有一块石头，很像一只蹲着的青蛙。气象台里有一个青年工作人员告诉我：他们自己替这景致起一个名目，叫作"青蛙跳东海"。我一看，果然很像一只青蛙将要跳到东海里去的样子。这名目起得很适当。

翻山过岭了好几天，最后逶迤下山，到云谷寺投宿。这云谷寺位于群山之间的一个谷中。由此再爬过一个眉毛峰，就可以回到黄山宾馆而结束游程了。我这天傍晚到达了云谷寺，发生了一种特殊的感觉，觉得心情和过去几天完全不同。起初想不出其所以然，后来仔细探索，方才明白原因：原来云谷寺位在较低的山谷中，开门见山，而这山高得很，用"万丈""插云"等语来形容似乎还嫌不够，简直可用"凌霄""通天"等字眼。因此我看山必须仰起头来。古语云"高山仰止"，可见仰起头来看山是正常的,而低下头去看山是异常的。我一到云谷寺就发生一种特殊的感觉,便是在好几天异常之后突然恢复正常的缘故。这时候我觉得异常固然可喜,但是正常更为可爱。我躺在云谷寺宿舍门前的藤椅里,卧看山景,但见一向异常地躺在我脚下的白云,现在正常地浮在我头上了,觉得很自然。它们无心出岫,随意来往;有时冉冉而降,似乎要闯进寺里来访问我的样子。我便想起某古人的诗句:"白云无事常来往,莫怪山僧不送迎。"好诗句啊!然而叫我做这山僧,一定闭门不纳,因为白云这东西是很潮湿的。

此外也许还有一个原因:云谷寺是旧式房子,三开间的楼屋,我们住在楼下左右两间里,中央一间作为客堂;廊下很宽,布设桌椅,可以随意起卧,品茗谈话,饮酒看山,比过去所住的文殊院、北海宾馆、黄山宾馆趣味好得多。文殊院是石造二层楼屋,房间像轮船里的房舱或火车里的卧车:约一方丈大小的房间,中央开门,左右两床相对,中间靠窗设一小桌,每间都是如此。北海宾馆建筑宏壮,房间较大,但也是集体宿舍式的：中央一条走廊，两旁两排房间，间间相似。黄山宾馆建筑尤为富丽堂皇，同上海的国际饭店、锦江饭店等差不多。两宾馆都有同上海一样的卫生设备。这些房屋居住固然舒服，然而太刻板，太洋化，住得长久了，觉得仿佛关在笼子里。云谷寺就没有这种感觉，不像旅馆，却像人家家里，有亲切温暖之感和自然之趣。因此我一到云谷寺就发生一种特殊的感觉。云谷寺倘能添置卫生设备，采用些西式建筑的优点，如两宾馆的建筑采用中国方式，而加西洋设备，使外为中用，那才是我所理想的旅舍了。

这又使我回想起杭州的一家西菜馆的事，附说在此：此次我游黄山，道经杭州，曾经到一个西菜馆里去吃一餐午饭。这菜馆采用西式的分食办法，但不用刀叉而用中国的筷子。这办法好极。原来中国的合食是不好的办法，各人的唾液都可能由筷子带进菜碗里，拌匀了请大家吃。西洋的分食办法就没有这弊端，很应该采用。然而西洋的刀叉，中国人实在用不惯，我还是用筷子便当。这西菜馆能采取中西之长，创造新办法，非常合理，很可赞佩。当时我看见座上多半是农民，就恍然大悟：农民最不惯用刀叉，这合理的新办法显然是农民教他们创造的。

一九六一年五月二十日于上海记

黄山松[1]

没有到过黄山之前,常常听人说黄山的松树有特色。特色是什么呢?听别人描摹,总不得要领。所谓"黄山松",一向在我脑际留下一个模糊的概念而已。这次我亲自上黄山,亲眼看到黄山松,这概念方才明确起来。据我所看到的,黄山松有三个特色:

第一个特色,黄山的松树大都生在石上。虽然也

---

[1] 载1961年5月25日上海《文汇报》。

有生在较平的地上的,然而大多数是长在石山上的。我的黄山诗中有一句:"苍松石上生。"石上生,原是诗中的话;散文地说,该是石罅生,或石缝生。石头如果是囫囵的,上面总长不出松树来;一定有一条缝,松树才能扎根在石缝里。石缝里有没有养料呢?我觉得很奇怪。生物学家一定有科学的解说,我却只有臆测:《本草纲目》里有一种药叫作"石髓"。李时珍说:"《列仙传》言邛疏煮石髓。"可知石头也有养分。黄山的松树也许是吃石髓而长起来的吧?长得那么苍翠,那么坚劲,那么窈窕,真是不可思议啊!更有不可思议的呢:文殊院窗前有一株松树,由于石头崩裂,松根一大半长在空中,像须蔓一般摇曳着。而这株松树照样长得郁郁苍苍,娉娉婷婷。这样看来,黄山的松树不一定要餐石髓,似乎呼吸空气,呼吸雨露和阳光,也会长大的。这真是一种生命力顽强的生物啊!

第二个特色,黄山松的枝条大都向左右平伸,或向下倒生,极少有向上生的。一般树枝,绝大多数是向上生的，除非柳条挂下去。然而柳条是软弱的，地心吸力强迫它挂下去，不是它自己发心向下挂的。黄山松的枝条挺秀坚劲，然而绝大多数像电线木上的横木一般向左右生，或者像人的手臂一般向下生。黄山松更有一种奇特的姿态：如果这株松树长在悬崖旁边，一面靠近岩壁，一面向着空中，那么它的枝条就全部向空中生长，靠岩壁的一面一根枝条也不生。这姿态就很奇特，好像一个很疏的木梳，又像学习的"习"字。显然，它不肯面壁，不肯置身丘壑中，而一心倾向着阳光。

第三个特色，黄山松的枝条具有异常强大的团结力。狮子林附近有一株松树，叫作"团结松"。五六根枝条从近根的地方生出来，密切地偎傍着向上生长，到了高处才向四面分散，长出松针来。因此这一束树枝就变成了树干，形似希腊殿堂的一种柱子。我谛视这树干，想象它们初生时的状态：五六根枝条怎么会合伙呢？大概它们知道团结就是力量，可以抵抗高山上的风吹、雨打和雪压，所以生成这个样子。如今这株团结松已经长得很粗、很高。我伸手摸摸它的树干，觉得像铁铸的一般。即使十二级台风，漫天大雪，也动弹它不了。更有团结力强得不可思议的松树呢：从文殊院到光明顶的途中，有一株松树，叫作"蒲团松"。这株松树长在山间的一小块平坡上，前面的沙土上筑着石围墙，足见这株树是一向被人重视的。树干不很高，不过一二丈，粗细不过合抱光景。上面的枝条向四面八方水平放射，每根都伸得极长，足有树干的高度的两倍。这就是说：全体像个"丁"字，但上面一画的长度大约相当于下面一直的长度的四倍。这一画上面长着丛密的松针，软绵绵的好像一个大蒲团，上面可以坐四五个人。靠近山的一面的枝条，梢头略微向下。下面正好有一个小阜，和枝条的梢头相距不过一二尺。人要坐这蒲团，可以走到这小阜上，攀着枝条，慢慢地爬上去。陪我上山的向导告诉我："上面可以睡觉的，同沙发床一样。"我不愿坐轿，单请一个向导和一个服务员陪伴着，步行上山，两腿走得相当吃力了，很想爬到这蒲团上去睡一觉。然而我们这一天要上光明顶，赴狮子林，前程远大，不宜耽搁，只得想象地在这蒲团上坐坐，躺躺，就鼓起干劲，向光明顶迈步前进了。

一九六一年五月十日记

不肯去观音院[①]

普陀山,是舟山群岛中的一个岛,岛上寺院甚多,自古以来是佛教圣地,香火不绝。浙江人有一句老话:"行一善事,比南海普陀去烧香更好。"可知南海普陀去烧香是一大功德。因为古代没有汽船,只有帆船,而渡海到普陀岛,风浪甚大,旅途艰苦,所以功德很大。现在有了汽船,交通很方便了,但一般信佛的老太太

---

① 载1963年4月18日香港《新晚报》。

依旧认为是一大功德。

我赴宁波旅行写生，因见春光明媚，又觉身体健好，游兴浓厚，便不肯回上海，却转赴普陀去"借佛游春"了。我童年时到过普陀，屈指计算，已有五十年不曾重游了。事隔半个世纪，加之新中国成立后普陀寺庙修理得崭新，所以重游竟同初游一样，印象非常新鲜。

我从宁波乘船到定海，行程三小时；从定海坐汽车到沈家门，五十分钟；再从沈家门乘轮船到普陀，只费半小时。其时正值二月十九观世音菩萨生日，香客非常热闹，买香烛要排队，各寺院客房客满。但我不住寺院，住在定海专署所办的招待所中，倒很清静。

我游了四个主要的寺院：前寺、后寺、佛顶山、紫竹林。前寺是普陀的领导寺院，殿宇最为高大。后寺略小而设备庄严，千年以上的古木甚多。佛顶山有一千多石级，山顶常没在云雾中，登楼可以俯瞰普陀全岛，遥望东洋大海。紫竹林位于海边，屋宇较小，内供观音，住居者尽是尼僧；近旁有潮音洞，每逢潮涨，涛声异常洪亮。寺后有竹林，竹竿皆紫色。我曾折了一根细枝，藏在衣袋里，带回去作纪念品。这四个寺院都有悠久的历史，都有名贵的古物。我曾经参观两只极大的饭锅，每锅可容八九担米，可供千人吃饭，故名曰"千人锅"。我用手杖量量，其直径约有两手杖。我又参观了一只七千斤重的钟，其声洪大悠久，全山可以听见。

这四个主要寺院中，紫竹林最为低小，然而它的历史在全山最为悠久，是普陀最初的一个寺院。而这寺院的修建与日本人有关。有一个故事，是紫竹林的一个尼僧告诉我的，她还有一篇记载挂在客厅里呢。这故事是这样的：

千余年前，后梁时代，即公元九百年左右，日本有一位高僧，名叫慧锷，乘帆船来华，到五台山请得了一尊观世音菩萨像，将载回日本去供养。那帆船开到莲花洋地方，忽然开不动了。这慧锷法师就向观音菩萨祷告："菩萨如果不肯到日本去，随便菩萨要到哪里，我和尚就跟到哪里，终身供养。"祷告毕，帆船果然开动了。随风漂泊，一直来到了普陀岛的潮音洞旁边。慧锷法师便捧菩萨像登陆。此时普陀全无寺院，只有居民。有一个姓张的居民,知道日本僧人从五台山请观音来此,就捐献几间房屋,给他供养观音像。又替这房屋取个名字,叫作"不肯去观音院"。慧锷法师就在这不肯去观音院内终老。这不肯去观音院是普陀第一所寺院,是紫竹林的前身。紫竹林这名字是后来改的。有一个人为不肯去观音院题了一首诗:

借问观世音,因何不肯去?
为渡大中华,有缘来此地。

如此看来,普陀这千余年来的佛教名胜之地,是由日本人创始的。可见中日两国人民自古就互相交往,具有密切的关系。我此次出游,在宁波天童寺想起了五百年前在此寺作画的雪舟,在普陀又听到了创造寺院的慧锷。一次旅行,遇到了两件与日本有关的事情,这也可证明中日两国人民关系之多了。不仅古代如此,现在也是如此。我经过定海,参观渔场时,听见渔民说起近年来海面常有飓风暴发,将渔船吹到日本,日本的渔民就招待这些中国渔民，等到风息之后护送他们回到定海。有时日本的渔船也被飓风吹到中国来，中国的渔民也招待他们，护送他们回国。

不肯去观音院左旁，海边上有很长、很广、很平的沙滩。较小的一处叫作"百步沙"，较大的一处叫作"千步沙"。潮水不来时，我们就在沙上行走。脚踏到沙上，软绵绵的，比踏在芳草地上更加舒服。走了一阵，回头望望，看见自己的足迹连成一根长长的线，把平净如镜的沙面划破，似觉很可惜的。沙地上常有各种各样的贝壳，同游的人大家寻找拾集，我也拾了一个藏在衣袋里，带回去作纪念品。为了拾贝壳，把一片平沙踩得破破烂烂，很对不起它。然而第二天再来看看，依旧平净如镜，一点痕迹也没有了。我对这些沙滩颇感兴趣，不亚于四大寺院。

离开普陀山，我在路途中作了两首诗[1]，记录在下面：

---

[1] 此二诗分别题为《佛顶山》和《普陀》。

一别名山五十春,重游佛顶喜新晴。
东风吹起千岩浪,好似长征奏凯声。

寺寺烧香拜跪勤,庄严宝岛气氤氲。
观音颔首弥陀笑,喜见群生乐太平。

回到家里,摸摸衣袋,发现一个贝壳和一根紫竹,联想起了普陀的不肯去观音院,便写这篇随笔。

第二辑

二重生活

儿　戏[①]

楼下忽然起了一片孩子们暴动的声音。他们的娘高声喊着:"两只雄鸡又在斗了,爸爸快来劝解!"我不及放下手中的报纸,连忙跑下楼来。

原来是两个男孩在打架:六岁的元草要夺九岁的华瞻的木片头,华瞻不给,元草哭着用手打他的胸;华瞻也哭着,双手擎起木片头,用脚踢元草的腿。

---

① 载 1933 年 3 月 27 日《申报》。

我放下报纸，把身体插入两孩子的中间，用两臂分别抱住了两孩子，对他们说："不许打！为的啥事体？大家讲！"元草竭力想摆脱我的臂而向对方进攻，一面带哭带嚷地说道："他不肯给我木片头！他不肯给我木片头！"似乎这就是他打人的正当的理由。华瞻究竟比他大了三岁，最初静伏在我的臂弯里，表示不抵抗而听我调解，后来吃着口声辩："这些木片头原是我的！他要夺，我不给，他就打我！"元草用哭声接着说："他踢我！"华瞻改取直接交涉，对着他说："你先打！"在旁作壁上观的宝姊姊发表舆论："轻句还重句，先打吭道理！"背后又起一种舆论："君子开口，小人动手！"我未及下评判，元草已猛力退出我的手臂，突然向对方袭击。他们的娘看我排解无效，赶过来将元草擒去，抱在怀里，用甘言骗住他。我也把华瞻抱在怀里，用话抚慰他。两孩子分别占据了两亲的怀里，暴动方始告终。这时候"五香……豆腐干"的叫声在后门外亲切地响着，把脸上挂着眼泪的两孩子一齐从我们的怀里叫了出去。我拿了报纸重回楼上去的时候，已听到他们复交后的笑谈声了。

但我到了楼上,并不继续看报。因为我看刚才的事件,觉得比看报上的国际纷争直截明了得多。我想:世间人与人的对待,小的是个人对个人,大的是团体对团体。个人对待中最小的是小孩对小孩,团体对待中最大的是国家对国家。在文明的世间,除最小的和最大的两极端而外,人对人的交涉,总是用口的说话来讲理,而不用身体的武力来相打的。例如,要掠夺,也必用巧妙的手段;要侵占,也必立巧妙的名义。所谓"攻击"也只是辩论,所谓"打倒"也只是叫喊。故人对人虽怀怨害之心,相见还是点头握手,敷衍应酬。虽然也有用武力的人,但"君子开口,小人动手",开化的世间是不通行用武力的。其中唯有最小的和最大的两极端不然:小孩对小孩的交涉,可以不讲理,而通行用武力来相打;国家对国家的交涉,也可以不讲理,而通行用武力来战争。战争就是大规模的相打。可知凡物相反对的两极端相通似,或相等。国际的事如儿戏,或等于儿戏。

穷小孩的跷跷板[①]

有一个人写一封匿名信给我,信壳上左面但写"寄自上海法租界"。信上说:"近来在《自由谈》上,几乎每天能见到你的插画。(中略)前数天偶然看见几个穷小孩在玩。他们的玩法,我意颇能作你的画稿的材料。而且很合你向来的作风。现在特地贡献给你,以备采纳。此祝康健。一个敬佩你的读者上。七,十一。"后面

[①] 载1934年7月23日《申报·自由谈》。

又附注："小孩的玩法——先把一条长凳放置地上。再拿一条长凳横跨在上面。这样两个小孩坐在上面一张长凳的两端，仿跷跷板的玩法，一高一低地玩着。"

这是一封"无目的"的无头信。推想这发信人是纯为画的感兴所迫而写这封信给我的。在扰扰攘攘的今世，这也可谓一件小小的异闻。

我闭了眼睛一想，觉得这匿名的通信者所发见的，确是我所爱取的画材，便乘兴背摹了一幅。这两个穷小孩凭了他们的小心的智巧，利用了这现成的材料，造成了这具体而微的运动具。在贫民窟的环境中，这可说是一种十分优异的游戏设备了。我想象这两个穷小孩各据板凳的一端而一高一低地交互上下的时候，脸上一定充满了欢笑。因为他们是无知的幼儿，不曾梦见世间各处运动场里专为儿童置办的种种优良的幸福的设备，对于这简陋的游戏已是十分满足了。这种游戏的简陋，和这两个小孩的穷苦，只有我们旁人感到，他们自己是不知道。

因此我想到了世间的小孩苦。在这社会里，穷的大人固然苦，穷的小孩更苦！穷的大人苦了，自己能知道其苦，因而能设法免除其苦。穷的小孩苦了，自己还不知道，一味茫茫然地追求生的欢喜，这才是天下之至惨！

闻到隔壁人家饭香，攀住了自家的冷灶头而哭着向娘要白米饭吃。看见邻家的孩子吃火肉粽子，丢掉了自己手里的硬蚕豆而嚷着"也要"！老子落脱了饭碗头回家，孩子抱住了他带回来的铺盖而喊："爸爸买好东西来了！"老棉絮被头上了当铺，孩子抱住了床里新添的稻柴束当洋囡囡玩。讨饭婆背上的孩子捧着他娘的髻子当皮球玩；向着怒骂的不布施者嘤嘤地笑语。——我们看到了这种苦况而发生同情的时候，最感触目伤心的不是穷的大人的苦，而是穷的小孩的苦！大人的苦自己知道，同情者只要分担其半；小孩的苦则自己不知道，全部要归同情者担负。那攀住自己的冷灶头而向娘要白米饭吃的孩子，以为锅子里总应有饭，完全不知道他老子种出来的米，还粮纳租早已用完，轮不着自己吃了。那丢掉了硬蚕豆而嚷着也要火肉粽子的孩子,只知道火肉粽子比硬蚕豆好吃,他有得吃,我也要吃,全不知道他娘做女工赚来的钱买米还不够。那抱住了老子的铺盖而喊"爸爸买好东西来了"的孩子,只知道爸爸回家总应该有好东西带来,全不知道社会已把他们全家的根一刀宰断,不久他将变成一张小枯叶了。那抱住了代棉被用的稻草柴当洋囡囡玩的孩子,只觉今晚眠床里变的花样特别新鲜,全不想到这变化的悲哀的原因和苦痛的结果。讨饭婆子背上的孩子也只是任天而动地玩耍嬉笑,全不知道他自己的生命托根在这社会所不容纳的乞丐身上,而正在受人摈斥。看到这种受苦而不知苦的穷的小孩,真是难以为情!这好比看见初离襁褓的孩子牵住了尸床上的母亲的寿衣而喊"要吃甜奶",我们的同情之泪,为死者所流者少,而为生者所流者多。八指头陀咏小孩诗云:"骂之惟解笑,打亦不生嗔。"目前的穷人,多数好比在无辜地受骂挨打,大人们知道被骂被打的苦痛,还能呻吟,叫喊,挣扎,抵抗;小孩们却全不知道,只解嬉笑,绝不生嗔。这不是世间最凄惨的状态吗?

比较起上述的种种现状来,我们这匿名的通信者所发见的穷小孩的游戏,还算是幸福的。他们虽然没有福气入学校,但幸而不须跟娘去捡煤屑,不须跟爷去捉狗屎①,还有游戏的余暇。他们虽然不得享用运动场上为小孩们特制的跷跷板,但幸而还有这两条板凳,无条件地供他们当作运动具的材料。

只恐怕日子过下去,不久他的爷娘要拿两条板凳去换米吃,要带这两个孩子去捡煤屑、捉狗屎了。到那时,我这位匿名的通信者所发见,和我的所画,便成了这两个穷小孩的黄金时代的梦影。

二十三年七月十四日

---

① "捉狗屎",作者家乡话,意即"捡狗屎"(作肥料用)。

鼓　乐[1]

我本已决心，今晚不再上岸去看灯。预备在船室中洋烛光底下的小桌子上整理白天的画稿；或者躺着阅读新到的杂志；黄昏肚饥时向船主妇借只碗，到岸上去买碗"救命圆子"[2]吃吃，倒比投身在人海的涡旋里看灯，来得有味。但是我后来终于变计，又跟了船主

---

[1] 载1934年6月20日《申报·自由谈》，副题"船室随笔之一"。
[2] "救命圆子"，一种很小的圆子，极言其吃不饱，只能救饥饿者一命，故有此称呼。

人上岸去看灯了。

所以变计者,一半是因船主人的劝进,一半是受了鼓乐声的诱惑。船主人说,今晚的灯比昨晚好得多,有从别码头借来的台阁有七十几节,"金华老龙";远方特地雇舟来看的也不少,我们便路到此,乐得一看。我听了这般盛况觉得应该随喜。同时鼓乐喧阗之声从远近各处送进我的船室来,使我听了觉得脚底上痒痒的,不由地收拾画具书册,跟着船主人跳上岸去"与众乐乐"了。

鼓乐所用之乐器,都是不能奏旋律的打乐器;所奏的音乐,也只是简单的几句腔调的反复,正如小孩子们口中所唱:"同同上,登登上,登登次登次登上……"但它具有一种奇妙的诱惑力,能吸引远近各处的人心。回忆昨晚在灯会中所听到的丝竹管弦之音,表面虽似复杂,但在我看来(其实是听来,但不妨说看来)反比鼓乐简单。凭我的记忆,昨夜所闻的丝竹管弦曲的旋律,若用简谱记录起来,都不外乎

$$\underline{5\,i}\ \underline{6\,i}\ 5\ |\ \underline{5\,i}\ \underline{6\,i}\ \underline{5\,6}\ i\ |\ \underline{6\,i}\ \underline{6\,i}\ \underline{i\,3}\ \dot{2}$$

$\underline{3}\underline{2}\ \underline{3}\underline{2}\ \underline{3}\underline{2}\ \dot{1}\ |\ \underline{3}\underline{3}\ \underline{6}\underline{2}\ \dot{1}\ \underline{6}\underline{2}\ |\ \dot{1}\ \underline{6}\underline{2}\ \underline{1}\underline{6}\ \underline{5}\underline{3}$

5············

鼓乐

的敷衍。听得过久了，我觉得心头上痒痒的，非常难熬，而且这痒无法可搔。即使立刻掩耳却走，仍是带着这痒走的。鼓乐则不然，远听时脚底上发痒，只要跟了大众跑，就会爽快。跑到近处，身心就会同化在鼓乐的节奏中，跟了它昂奋起来，至多也不过使你疲劳，却决不会使你难熬。这是中国音乐的特产。据我所知，西洋音乐似乎没有全用打乐器组成的演奏法。

所以我跟船主人上岸，名为看灯，其实是想看看鼓乐的演奏。这会我们站在桥畔看灯。许多花灯像轿子一般地抬过桥去。后来为了前途障碍，一齐停下了。停在面前的，是装着"提倡新生活""与民同乐"等大字匾额的一座灿烂的台阁。后面跟着的是一班打乐队。我便从人丛中挤到后面去，细看那打乐队的演奏。奏法率直得很，但把锣、鼓、铙钹等乐器交互相间地敲击，自成一种雍容浩荡的音节。鼓的奏法尤为率直，老是"同，同，同，同"地敲打，永不变化其节奏。

但因了其他乐器的配合，自能表现一种特殊的效果。敲鼓的样子更使我惊异：一个孩子背着一面鼓向前跑，鼓手跟在后面一路打去，好像追杀败将一般。孩子跑得越快，后面打的追得越紧；孩子立停了让他打，他就摆开步位，出劲地痛打一顿。孩子背后受人痛打，前面管自吃芝麻饼。饼上的芝麻跟了鼓的"同，同，同，同"而纷纷地落下，他伸手接住了芝麻，慢慢地用舌舐食。我走近去看，但见他全身的衣服，筋肉，连头，都跟了鼓的打击而瑟瑟地颤动。他的内脏一定也跟着鼓声而振荡着。这是一种无微不至的全身运动，吃下芝麻饼去，消化想是很快的。但我细看那孩子的年龄，不过十岁左右，他的皮肉很嫩，他的骨节一定不很坚牢。这样剧烈地敲到半夜，这副嫩骨头可被敲散，回家去非找他母亲重新编穿过不可呢。

　　速取速写簿来描取这般惊异的现状。描成，鼓乐队就开拔，渐渐远去。收了速写簿再听鼓乐，音节远不及以前的雍容浩荡，似乎带着凄惨之气了。

二十三年五月廿日

荣　辱[1]

为了一册速写簿遗忘在里湖的一爿小茶店里了，特地从城里坐黄包车去取。讲到车钱来回小洋[2]四角。

这速写簿用廿五文一大张的报纸做成，旁边插着十几个铜板一支的铅笔。其本身的价值不及黄包车钱之半。我所以要取者，为的是里面已经描了几幅画稿。

---

[1] 载 1935 年 3 月 12 日《申报·自由谈》。
[2] 当时除法币外有一种二角银币，称为二角小洋，合铜板 50 枚（法币二角为二角大洋，合铜板 60 枚）。

本来画稿失掉了可以凭记忆而背摹,但这几幅偏生背摹不出,所以只得花了工夫和车钱去取。我坐在黄包车里心中有些儿忐忑。仔细记忆,觉得这的确是遗忘在那茶店里面第二只桌子的墙边的。记得当我离去时,茶店老板娘就坐在里面第一只桌子旁边,她一定看到这册速写簿,已经代我收藏了。即使她不收藏,第二个顾客坐到我这位置里去吃茶,看到了这册东西一定不会拿走,而交老板娘收藏。因为到这茶店里吃茶的都是老主顾,而且都是劳动者,他们拿这东西去无用。况且他们曾见我在这里写生过好几次,都认识我,知道这是我的东西,一定不会吃没我[①]。我预卜这辆黄包车一定可以载了我和一册速写簿而归来。

车子走到湖边的马路上,望见前面有一个军人向我对面走来。我们隔着一条马路相向而行,不久这人渐渐和我相近。当他走到将要和我相遇的时候,他的革靴嘎地一响,立正,举手,向我行了一个有色有声的敬礼。

---

① "吃没",江南一带方言,意即"吞没"。"吃没我",意即"吞没我的东西"。

我平生不曾当过军人，也没有吃粮的朋友，对于这种敬礼全然不惯，不知怎样对付才好，一刹那心中混乱。但第二刹那我就决定不理睬他。因为我忽然悟到，这一定是他的长官走在我的后面，这敬礼与我是无关的。于是我不动声色地坐在车中，但把眼斜转去看他礼毕。我的车夫跑得正快，转瞬间我和这行礼者交手而过，背道而驰。我方才旋转头去，想看看我后面的受礼者是何等样人。不意后面并无车子，亦无行人，只有那个行礼者。他正也在回头看我，脸上表示愤怒之色，隔着二三丈的距离向我骂了一声悠长的"妈——的"，然后大踏步去了。我的车夫自从见我受了敬礼之后，拉得非常起劲。不久我和这"妈——的"便相去遥远了。

我最初以为这"妈——的"不是给我的，同先前的敬礼不是给我的一样。但立刻确定它们都是给我的。经过了一刹那的惊异之后，我坐在黄包车里独自笑起来。大概这军人有着一位长官，也戴墨镜，留长须，穿蓝布衣，其相貌身材与我相像。所以他误把敬礼给了我。但他终于发觉我不是他的长官，所以又拿悠长的

"妈——的"来取消他的敬礼。我笑过之后一时终觉不快。倘然世间的荣辱是数学的,则"我+敬礼-妈的=我"同"3+1-1=3"一样,在我没有得失,同没有这回事一样。但倘不是数学的而是图画的,则涂了一层黑色之后再涂一层白色上去取消它,纸上就堆着痕迹,或将变成灰色,不复是原来的素纸了。我没有冒领他的敬礼,当然也不受他的"妈——的"。但他的敬礼实非为我而行,而他的"妈——的"确是为我而发。故我虽不冒领敬礼,他却要我实收"妈——的"。无端被骂,觉得有些冤枉。

但我的不快立刻消去。因为归根究底,终是我的不是,为什么我要貌似他的长官,以至使他误认呢?昔夫子貌似了阳货,险些儿"性命交关"。我只受他一个"妈——的",比较起来真是万幸了。况且我又因此得些便宜:那黄包车夫没有听见"妈——的",自从见我受了军人的敬礼之后,拉得非常起劲。先前咕噜地说"来回四角太苦",后来一声不响,出劲地拉我到小茶店里,等我取得了速写簿,又出劲地拉我回转。给他四角小洋,他一声不说；我却自动地添了他五个铜子。

我记录了这段奇遇之后，作如是想：因误认而受敬，因误认而被骂。世间的毁誉荣辱，有许多是这样的。

廿四年三月六日于杭州

送阿宝出黄金时代[1]

阿宝,我和你在世间相聚,至今已十四年了,在这五千多天内,我们差不多天天在一处,难得有分别的日子。我看着你呱呱坠地,嘤嘤学语,看你由吃奶改为吃饭,由匍匐学成跨步。你的变态微微地逐渐地展进,没有痕迹,使我全然不知不觉,以为你始终是我家的一个孩子,始终是我们这家庭里的一种点缀,始终可

---

[1] 载1935年5月13日、14日《申报·自由谈》。

做我和你母亲的生活的慰安者。然而近年来,你态度行为的变化,渐渐证明其不然。你已在我们的不知不觉之间长成了一个少女,快将变为成人了。古人谓:"父母之年不可不知也,一则以喜,一则以惧。"我现在反行了古人的话,在送你出黄金时代的时候,也觉得悲喜交集。

所喜者,近年来你的态度行为的变化,都是你将由孩子变成成人的表示。我的辛苦和你母亲的劬劳似乎有了成绩,私心庆慰。所悲者,你的黄金时代快要度尽,现实渐渐暴露,你将停止你的美丽的梦,而开始生活的奋斗了,我们仿佛丧失了一个从小依傍在身边的孩子,而另得了一个新交的知友。"乐莫乐兮新相知",然而旧日天真烂漫的阿宝,从此永远不得再见了!

记得去春有一天,我拉了你的手在路上走。落花的风把一阵柳絮吹在你的头发上、脸孔上和嘴唇上,使你好像冒了雪,生了白胡须。我笑着搂住了你的肩,用手帕为你拂拭。你也笑着,仰起了头依在我的身旁。这在我们原是极寻常的事:以前每天你吃过饭,是我同你洗脸的。然而路上的人向我们注视,对我们窃笑,其意思仿佛在说:"这样大的姑娘儿,还在路上教父亲搂住了拭脸孔!"我忽然看见你的身体似乎高大了,完全发育了,已由中性似的孩子变成十足的女性了。我忽然觉得,我与你之间似乎筑起一堵很高、很坚、很厚的无影的墙。你在我的怀抱中长起来,在我的提携中大起来;但从今以后,我和你将永远分居于两个世界了。一刹那心中感到深痛的悲哀。我怪怨你何不永远做一个孩子而定要长大起来,我怪怨人类中何必有男女之分。然而怪怨之后立刻破悲为笑。恍悟这不是当然的事,可喜的事吗?

记得有一天,我从上海回来。你们兄弟姊妹照例拥在我身旁,等候我从提箱中取出"好东西"来分。我欣然地取出一束巧格力[①]来,分给你们每人一包。你的弟妹们到手了这五色金银的巧格力,照例欢喜得大闹一场,雀跃地拿去尝新了。你受持了这赠品也表示欢

[①] "巧格力",即巧克力。

喜，跟着弟妹们去了。然而过了几天，我偶然从楼窗中望下来，看见花台旁边，你拿着一包新开的巧格力，正在分给弟妹三人。他们各自争多嫌少，你忙着为他们均分。在一块缺角的巧格力上添了一张五色金银的包纸派给小妹妹了，方才三面公平。他们欢喜地吃糖了，你也欢喜地看他们吃。这使我觉得惊奇。吃巧格力，向来是我家儿童们的一大乐事。因为乡村里只有箬叶包的糖塌饼、草纸包的状元糕，没有这种五色金银的糖果；只有甜煞的粽子糖、咸煞盐青果，没有这种异香异味的糖果。所以我每次到上海，一定要买些回来分给儿童，借添家庭的乐趣。儿童们切望我回家的目的，大半就在这"好东西"上。你向来也是这"好东西"的切望者之一。你曾经和弟妹们赌赛谁是最后吃完；你曾经把五色金银的锡纸积受起来制成华丽的手工品，使弟妹们艳羡。这会你怎么一想，肯把自己的一包藏起来，如数分给弟妹们吃呢？我看你为他们分均匀了之后表示非常的欢喜。同从前赌得了最后吃完时一样，不觉倚在楼上独笑起来。因为我忆起了你小时候的事：

十来年之前,你是我家里的一个捣乱分子,每天为了要求的不满足而哭几场,挨母亲打几顿。你吃蛋只要吃蛋黄,不要吃蛋白,母亲偶然夹一筷蛋白在你的饭碗里,你便把饭粒和蛋白乱拨在桌子上,同时大喊:"要黄!要黄!"你以为凡物较好者就叫作"黄"。所以有一次你要小椅子玩耍,母亲搬一个小凳子给你,你也大喊:"要黄!要黄!"你要长竹竿玩,母亲拿一根"史的克"①给你,你也大喊:"要黄!要黄!"你看不起那时候还只一二岁而不会活动的软软。吃东西时,把不好吃的东西留着给软软吃;讲故事时,把不幸的角色派给软软当。向母亲有所要求而不得允许的时候,你就高声地问:"当错软软吗?当错软软吗?"你的意思为:软软这个人要不得,其要求可以不允许;而阿宝是一个重要不过的人,其要求岂有不允许之理?今所以不允许者,大概是当错了软软的缘故。所以每次高声地提醒你母亲,务要她证明阿宝正身,允许一切

---

① "史的克",英文 stick 的音译,意即"手杖"。

要求而后已。这个一味"要黄"而专门欺侮弱小的捣乱分子，今天在那里牺牲自己的幸福来增殖弟妹们的幸福，使我看了觉得可笑，又觉得可悲。你往日的一切雄心和梦想已经宣告失败，开始在遏制自己的要求，忍耐自己的欲望，而谋他人的幸福了；你已将走出唯我独尊的黄金时代，开始在尝人类之爱的辛味了。

记得去年有一天，我为了必要的事，将离家远行。在以前，每逢我出门了，你们一定不高兴，要阻住我，或者约我早归。在更早的以前，我出门须得瞒过你们。你弟弟后来寻我不着，须得哭几场。我回来了，倘预知时期，你们常到门口或半路上来迎候。我所描的那幅题曰《爸爸还不来》的画，便是以你和你的弟弟的等我归家为题材的。因为我在过去的十来年中，以你们为我的生活慰安者，天天晚上和你们谈故事，做游戏，吃东西，使你们都觉得家庭生活的温暖，少不来一个爸爸，所以不肯放我离家。去年这一天我要出门了，你的弟妹们照旧为我惜别，约我早归。我以为你也如此，正在约你何时回家和买些什么东西来，不意你却劝我早去，又劝我迟归，说你有种种玩意儿可以骗住弟妹们的阻止和盼待。原来你已在我和你母亲谈话中闻知了我此行有早去迟归的必要，决意为我分担生活的辛苦了。我此行感觉轻快，但又感觉悲哀。因为我家将少却了一个黄金时代的幸福儿。

以上原都是过去的事，但是常常切在我的心头，使我不能忘却。现在，你已做中学生，不久就要完全脱离黄金时代而走向成人的世间去了。我觉得你此行比出嫁更重大。古人送女儿出嫁诗云："幼为长所育，两别泣不休。对此结中肠，义往难复留。"你出黄金时代的"义往"，实比出嫁更"难复留"，我对此安得不"结中肠"？所以现在追述我的所感，写这篇文章来送你。你此后的去处，就是我这册画集里所描写的世间。我对于你此行很不放心。因为这好比把你从慈爱的父母身旁遣嫁到恶姑的家里去，正如前诗中说："自小阙内训，事姑贻我忧。"事姑取甚样的态度，我难于代你决定。但希望你努力自爱，勿贻我忧而已。

约十年前，我曾作一册描写你们的黄金时代的画集

(《子恺画集》)。其序文(《给我的孩子们》)中曾经有这样的话:"我的孩子们!我憧憬于你们的生活,每天不止一次!我想委曲地说出来,使你们自己晓得。可惜到你们懂得我的话的时候,你们将不复是可以使我憧憬的人了。这是何等可悲哀的事啊!""但是你们的黄金时代有限,现实终于要暴露的。这是我经验过来的情形,也是大人们谁也经验过来的情形。我眼看见儿时伴侣中的英雄、好汉,一个个退缩,顺从,妥协,屈服起来,到像绵羊的地步。我自己也是如此。'后之视今,亦犹今之视昔',你们不久也要走这条路呢!"写这些话时的情景还历历在目,而现在你果然已经"懂得我的话"了!果然也要"走这条路"了!无常迅速,念此又安得不结中肠啊!

注:廿三年岁暮,选辑近作漫画,定名为《人间相》,付开明出版。选辑既竟,取十年前所刊《子恺画集》比较之,自觉画趣大异。读序文,不觉心情大异。遂写此篇,以为《人间相》辑后感。

云　霓①

这是去年夏天的事。

两个月不下雨。太阳每天晒十五小时。寒暑表中的水银每天爬到百度②之上。河底处处向天。池塘成为洼地。野草变作黄色而矗立在灰白色的干土中。大热的苦闷和大旱的恐慌充塞了人间。

室内没有一处地方不热。坐凳子好像坐在铜火炉

---

① 载 1935 年 5 月 3 日《申报·自由谈》。
② "百度",指华氏度。

上。按桌子好像按着了烟囱。洋蜡烛从台上弯下来，弯成磁铁的形状。薄荷锭在桌子上放了一会，旋开来统统溶化而蒸发了。狗子伸着舌头伏在桌子底下喘息，人们各占住了一个门口而不息地挥扇。挥得手腕欲断，汗水还是不绝地流。汗水虽多，饮水却成问题。远处挑来的要四角钱一担，倒在水缸里好像乳汁；近处挑来的也要十个铜板一担，沉淀起来的有小半担是泥。有钱买水的人家，大家省省地用水。洗过面的水留着洗衣服，洗过上衣的水留着洗裤，洗过裤的水再留着浇花。没有钱买水的人家，小脚的母亲和数岁的孩子带了桶到远处去扛。每天愁热愁水，还要愁未来的旱荒。迟耕的地方还没有种田，田土已硬得同石头一般。早耕的地方苗秧已长，但都变成枯草了。尽驱全村的男子踏水。先由大河踏进去小河，再由小河踏进港汊，再由港汊踏进田里。但一日工作十五小时人们所踏进来的水，不够一日照临十五小时太阳的蒸发。今天来个消息，西南角上的田禾全变黄色了；明天又来个消息，运河岸上的水车增至八百几十部了。人们相见时，最初徒唤奈何:"只管不下雨怎么办呢?""天公竟把落雨这件事根本忘记了!"但后来得到一个结论,大家一见面就惶恐地相告:"再过十天不下雨,大荒年来了!"

此后的十天内,大家不暇愁热,眼巴巴地只望下雨。每天一早醒来,第一件事是问天气。然而天气只管是晴,晴,晴……一直晴了十天。第十天以后还是晴,晴,晴……晴到不计其数。有几个人绝望地说:"即使现在马上下雨,已经来不及了。"然而多数人并不绝望:农人依旧拼命踏水,连黄发垂髫都出来参加。镇上的人依旧天天仰首看天,希望它即刻下雨,或者还有万一的补救。他们所以不绝望者,为的是十余日来东南角上天天挂着几朵云霓,它们忽浮忽沉,忽大忽小,忽明忽暗,忽聚忽散,向人们显示种种欲雨的现象,维持着他们的一线希望。有时它们升起来,大起来,黑起来,似乎义勇地向踏水的和看天的人说:"不要失望!我们带雨来了!"于是踏水的人增加了勇气,愈加拼命地踏,看天的人得着了希望,欣欣然有喜色而相与欢呼:"落雨了！落雨了！"年老者摇着双手阻止他们："喊不得，喊不得，要吓退的啊。"不久那些云霓果然被吓退了，它们在炎阳之下渐渐地下去，少起来，淡起来，散开去，终于隐伏在地平线下，人们空欢喜了一场，依旧回进大热的苦闷和大旱的恐慌中。每天有一场空欢喜，但每天逃不出苦闷和恐怖。原来这些云霓只是挂着给人看看，空空地给人安慰和勉励而已。后来人们都看穿了，任它们五色灿烂地飘游在天空，只管低着头和热与旱奋斗，得过且过地度日子，不再上那些虚空的云霓的当了。

这是去年夏天的事。后来天终于下雨，但已无补于事，大荒年终于出现。现在，农人啖着糠粃，工人闲着工具，商人守着空柜，都在那里等候蚕熟和麦熟，不再回忆过去的旧事了。

我现在为什么在这里重提旧事呢？因为我在大旱时曾为这云霓描一幅画。现在从大旱以来所作画中选出民间生活描写的六十幅来，结集为一册书，把这幅《云霓》冠卷首，就名其书为《云霓》。这也不仅是模仿《关雎》《葛覃》，取首句作篇名而已。因为我觉得现代的民间，始终充塞着大热似的苦闷和大旱似的恐慌,而且也有几朵"云霓"始终挂在我们的眼前,时时用美好的形状来安慰我们,勉励我们,维持我们生活前途的一线希望,与去年夏天的状况无异。就记述这状况,当作该书的代序。

记述既毕,自己起了疑问:我这《云霓》能不空空地给人玩赏吗?能满足大旱时代的渴望吗?自己知道都不能。因为这里所描的云霓太小了,太少了。仅乎这几朵怎能沛然下雨呢?恐怕也只能空空地给人玩赏一下,然后任其消沉到地平线底下去的吧。

廿四年三月十九日作

二重生活[1]

西洋文化用了不可抵抗的势力而侵入中国来。同时中国文化也用了顽强的势力而保住它的传统。于是中国人的思想上、生活上，处处出现新旧文化同时并存的状态。这叫作二重生活。譬如：这里在组织小家庭，那里在励行九世同居。这里在登离婚广告，那里在建贞节牌坊。甚至两种状态出现在一份人家里，或者一

---

[1] 载1935年11月6日《申报》。

个人身上，造成了种种的烦闷与苦痛。

大家只知道把年来民生的不安，归罪于天灾人祸、内乱外患等种种大原因上。殊不知除此以外，还有一种最切身地使民生不安的原因，便是这二重生活。它能使一般民众左顾右虑，东张西望，茫然莫知所适从，始终彷徨在生活的歧途上。它能使各种言行找得到成立的根据，各种罪恶找得到辩护的理由，以致是非颠倒，黑白混淆。为了生活的方针而满腹踌躇，煞费苦心；终于陷入盲从，遭逢失败的，在近来中国的民间不知有几千万人呢！不说别的，但看二重生活上最小的一件事——阴历、阳历的并存，已足够使人麻烦杀了！

"诚于中，必形于外"，岂独个人如此？社会也是这样的。度着二重生活的我国的民间社会里，处处显露着时代错误的不调和状态，形成了一个奇妙的漫画世界。漫画在最近的我国相当地流行，二重生活正是其主因。试闲步市街中，静观其现状，必可发见种种二重生活的不调和状态，可笑或可惊。流线型的汽车旁边有时抬过一顶官轿。电车前面有时肩过两扇"肃静""回避"的行牌。水门汀的人行道上走着一双钉鞋。霓虹灯的邻近挂着六只红纱灯。铁路旁边并列着一爿石造的环洞桥。两座高层建筑的中间夹着一所古庙……走进屋内：有时你会看见洋房的 Drawing Room（客厅）里挂着"天官赐福"，供着香炉蜡台和两串纸做的金元宝。抽水马桶间的对门，贴着"姜太公在此百无禁忌"的黄纸条。若是冬天，你会看见头戴大礼帽而坐在宁式眠床上的人，脚踏铜火炉而手捧水烟筒的人。若是喜庆日子，你会看见古代的新娘与现代的新郎，和穿洋装行跪拜礼的人。若是为了病人，你还可看见西医和道士一同走进这份人家呢。……

但这也不是我们中国特有的状态。日本也是如此。在形式上，也可说在美术上，日本是东洋风最盛的国家。东方古代生活的种种样式，例如席地而坐，木屐而行，以及男女服装，礼貌等，在中国早已废弃，在日本至今还奉行着。当明治维新，西方文化传入日本的时候，他们社会里的二重生活状态，恐怕比我们现在的更加可笑又可惊呢。著名的浮世绘大家芳年的作品中，就有讥讽当时的不调和状态的绘画。他画明治初年的国会议员，身穿"羽织"（Haori，日本的外套），腰束围裙（Hakama），而头戴西洋的大礼帽，脚蹬西洋的皮鞋，成个滑稽的样子。近代日本的美术论者，也有诅咒东京的二重生活的。例如：穿了木屐乘电车，古装新娘与燕尾服新郎，洋风大建筑与日本风古屋，鸟居（Torii，木造的牌坊）并列，穿洋装的人相见时跪下来行日本礼……他们说这东西洋风的并存，使街景不调和，使环境丑恶化，是"非美术的"。他们努力要求改进，要求调和，要求市街的美术化。住在现在中国社会里的美术家、美术爱好者和关心"市容"者，对于他们这种诅咒与要求，大约都有同感吧？

这种诅咒与要求固有正常的理由，但那种不调和也是必然的产物。西洋文化用了不可抵抗的势而冲进东洋来，不接受是不可能的。

然而谁能一扫东洋旧习，使它立刻全部西洋化呢？推美术家的心，似乎希望立刻全部西洋化，使人立在东京或上海的街上，感觉得如同立在巴黎或伦敦的街上一样。否则,索性全部东洋风,使人住在现代社会里,感觉得如同住在古代社会里一样。然而两者都是不可能的。回复古代当然做不到,全部西洋化"谈何容易"?即使"容易"(注:忆某古人说,此容易二字不相连,乃何容二字相连,今强用之),我们的鼻头天生成不高,眼睛天生成不蓝,皮肤天生成不白,这西洋化也是不彻底的,那么生在现代中国的我们,对于这事应取甚样的态度呢?我们将始终度送这种可笑的不调和的二重生活吗?

不,我们的前途,自有新的道路正待开辟。这是东西洋文化的"化合"路,也可说是世界文化的"大同"路。物质文明发迹于西洋,但不是西洋所专有的,应是现世一切民族所不得不接受的"时代"的赠物了。现今我国所有各种物质文明的建设,大半是硬子子[①]地从西洋搬运进来的,生吞活剥地插在本国土内。一切可笑的、不调和的二重生活,即由此产生。换言之,目前

---

① "硬子子",作者家乡话,意即"生硬"。

我们的生活中，东西洋文化"混合"着，所以有二重。须得教它们"化合"起来，产生第三种新生活，然后方可免除上述的种种丑恶与苦痛。进言之，西洋不永远是先进民族。今后的世界，定将互相影响，互相移化，渐渐趋于"大同"之路。

我们对于各种旧习应该不惜放弃，对于各种新潮应该不怕接受。只要以"合理"为本，努力创造新的生活，便合于世界大同之旨了。听说日本人曾有废除其原有的文字而改用罗马字横排的提议。又有废除美术学校里的"日本画系"与"西洋画系"的分立而仅设一"绘画系"的企图。然而还没有成功。记得中国也曾有少数人试用横写的、注音字母拼成的国音，然而没有人顾问。这当然不是容易办到的事。但我却在这里愚痴地梦想：置军备，事战争，无非为了谋人类生活的幸福。诚能教世界各国大家把军备和战争所用的经费如数省下来，移作未来的"大同世界"的建设费，这一定不难实现，全人类的生活一定幸福得多！世间的美术家一定欢庆尤深！可惜这只是我的梦想。

白　象[1]

白象是我家的爱猫,本来是我的次女林先家的爱猫,再本来是段老太太家的爱猫。

抗战初,段老太太带了白象逃难到大后方。胜利后,又带了它复员到上海,与我的次女林先及吾婿宋慕法邻居。不知为了什么原因,段老太太把白象和它的独子小白象寄交林先、慕法家,变成了他们的爱猫。我到上海,

---

[1] 载1947年5月30日、5月31日、6月1日《申报·自由谈》。

林先、慕法又把白象寄交我，关在一只无锡面筋的笼里，上火车，带回杭州，住在西湖边上的小屋里，变成了我家的爱猫。

白象真是可爱的猫！不但为了它浑身雪白，伟大如象，又为了它的眼睛一黄一蓝，叫作"日月眼"。它从太阳光里走来的时候，瞳孔细得几乎没有，两眼竟像话剧舞台上所装置的两只光色不同的电灯，见者无不惊奇赞叹。收电灯费的人看见了它，几乎忘记拿钞票；查户口的警察看见了它，也暂时不查了。

白象到我家后，慕法、林先常写信来，说段老太太已迁居他处，但常常来他们家访问小白象，目的是探问白象的近况。我的幼女一吟，同情于段老太太的离愁，常常给白象拍照，寄交林先转交段老太太，以慰其相思。同时对于白象，更增爱护。每天一吟读书回家，或她的大姊陈宝教课回家，一坐倒，白象就跳到她们的膝上，老实不客气地睡了。她们不忍拒绝，就坐着不动，向人要茶，要水，要鞋换，要报看。有时工人不在身边，我同老妻就当听差，送茶，送水，送鞋，送报。我们是间接服侍白象。

有一天，白象不见了。我们征骑四出，遍寻不得。正在担忧，它偕同一只斑花猫，悄悄地回来了。大家惊喜。女工秀英说，这是招贤寺里雄猫，说过笑起来。经过一个短促的休止符，大家都笑起来。原来它是到和尚寺里找恋人去了，也不关照一声，害得我们急死。

此后斑花猫常来，它也常去，大家不以为奇。我觉得白象更可爱了。因为它不像鲁迅先生的猫，恋爱时在屋顶上怪声怪气，噪得他不能读书写稿，而用长竹竿来打。后来它的肚皮渐渐大起来了。两三个月之后，它的肚皮大得特别，竟像一只白象了。我们用一只旧箱子，把盖拿去，作为它的产床。有一天，它临盆了，一胎五子，三只雪白的，两只斑花的。大家称庆，连忙叫男工樟鸿到岳坟去买新鲜鱼来给它调将。女孩子们天天冲克宁奶粉给它吃。

小猫日长夜大，二星期之后，都会爬动。白象育儿耐苦得很，日夜躺卧，让五个孩子纠缠。它的身体庞大，在五只小猫看来，好比一个丘陵。它们恣意爬上爬下，

白象

好像西湖上的游客爬孤山一样。这光景真是好看！

不料有一天，一只小花猫死了。我的幼儿新枚，哭了一场，拿一条美丽牌香烟的匣子，当作棺材，给它成殓，葬在西湖边的草地中。余下的四只，就特别爱惜。我家有七个孩子，三个在外，四个在杭州，他们就把四只小猫分领，各认一只。长女陈宝领了花猫，三女宁馨、幼女一吟、幼儿新枚，各领一只白猫。这就好比乡下人把孩子过房给庙里的菩萨一样，有了保佑，长命富贵。大约因为他们不是菩萨，不能保佑，过一回，一只小白猫又死了。剩下三只，一花二白，都很健康，看看已能吃鱼吃饭，不必全靠吃奶了。白象的母氏劬劳，也渐渐减省。它不必日夜躺着喂奶，可以随时出去散步，或跳到女孩子们的膝上去睡觉了。女孩子们笑它："做了母亲还要别人抱？"它不理，管自睡在人家怀里。

有一天，白象不回来吃中饭。"难道又到和尚寺里去找恋人了？"大家疑问。等到天黑，终于不回来。秀英当夜到寺里去寻，不见。明天，又不回来。问题严重起来，我就写两张海报："寻猫：敝处走失日月眼大白猫一只。如有仁人君子觅得送还,奉酬法币十万元。储款以待,决不食言。××路××号谨启。"过了两天,有邻人来言,"前几天看见一大白猫死在地藏庵与复性斋之间的水沼里,恐是你们的"。我们闻耗奔丧,找不到尸体。问地藏庵里的警察,也说不知。又说,大概清道夫取去了。我们回家,大家沉默志哀,接着就讨论它的死因。有的说是它自己失脚落水,有的说是顽童推它下水,莫衷一是。后来新枚来报告,邻家的孩子曾经看见一只大白猫死在水沼上的大柳树根上。后来被人踢到水沼里。孩子不会说诳,此说大约可靠。且吾闻之,猫不肯死在家里,自知临命终了,必远行至无人处,然后辞世。故此说更觉可靠。我觉得这点"猫性",颇可赞美。这有壮士风,不愿死户牖下儿女之手中,而情愿战死沙场,马革裹尸。这又有高士风,不愿病死在床上,而情愿遁迹深山,不知所终。总之,白象确已不在"猫间"了!

　　白象失踪的第二天,林先从上海来杭。一到,先问白象。骤闻噩耗,惊惶失色。因为她原是受了段老太太之托，此番来杭将把白象带回上海，重归旧主的。相差一天，天缘何悭！然而天实为之，谓之何哉。所幸它还有三个遗孤，虽非日月眼，而壮健活泼，足以承继血统。为防损失，特把一匹小花猫寄交我的好友家。其余两匹小白猫，常在我的身边。每逢我架起了脚看报或吃酒的时候，它们爬在我的两只脚上，一高一低，一动一静，别人看见了都要笑。我倒已经习以为常，似觉一坐下来，脚上天生成有两只小猫的。

卅六年五月廿七日于杭州作

贪污的猫[1]

我家养了五只猫。除了一只白猫是已故的老白猫——我曾在《自由谈》上作文哀悼它的"白象"——所生,其余四只都是别人送我们的。就因为我写了那篇悼白象的文章,读者以为我欢喜猫,便你一只我一只地送来。其实我并不喜欢真猫,不过在画中欢喜画猫而已;喜欢猫的,倒是我的女孩子们。因为她们欢喜,

---

[1] 载1948年1月5日《天津民国日报》。

就来者不拒，只只收养。客人偶然来访，看见这许多猫围着炭火炉睡觉，洗脸，捉尾巴，厮打，互相舐面孔，都说"好玩！""有趣！"殊不知主人养这五只猫，麻烦透顶，讨气之极！客人们只在刹那间看到其光明的一面，而不知其平时的黑暗生活；好比只看见团体照相的冠冕堂皇，而不悉机关内容的腐败丑恶，自然交口赞誉。若知道了这群猫的生活的黑暗方面，包管你们没有一人肯收养的！原来它们讨气得很：贪嘴，偷食，而且把烂污撒在每人的床底下，竟是一群"贪污的猫"。

有一次，大司务买菜回来，把菜篮向厨房的桌上一放，去解一个溲。回来时篮内一条大鳜鱼不翼而飞了，东寻西找，遍觅不得。忽听见后面篱笆内有猫吼声，原来五只猫躲在那里分赃，分得不均，正在那里吵架！大司务把每只猫打一顿，以示惩戒；然而赃物已大半被吞，狼藉满地，收不回来了。

后来又有一天，因为市上猫鱼常常缺乏，大司务一次买了万元猫鱼来囤积。好在天冷，还不致变坏。他受了上次的教训，把囤积的猫鱼放在菜橱的最高层。这天晚上，厨房里砰澎括拉，闹个不休。大司务以为猫在捉老鼠，预备明天对猫明令嘉奖。岂知第二天早上起来一看，橱门已经洞开，囤积在上层的猫鱼被吃得精光，还把鱼骨头零零落落地掉在下层的菜碗里。大司务照例又把五只猫各打一顿，并且饿它们一天，以示惩戒。自此以后橱门上加了锁，每晚锁好，以防贪污。

猫在一晚上吃了一万元猫鱼，隔夜饱了，次日白天不吃无妨。但到了晚快，隔夜吃的早已消化，肚子饿起来，就向大司务叫喊。大司务不但不喂，又给一顿打。诸猫无奈，就向食桌上转念头。这晚上正好有一尾大鱼。老妈子端齐了菜蔬碗，叫声大家吃饭，管自去了。偏偏这晚上大家事忙，各人躲在房里，工作放不下手，迟了一两分钟出来。一看菜蔬中有一只空盆，盆底上略有些汤。我以为今晚大司务做一样别致的菜了。再看，桌上一道淋漓点滴的汤和几个猫脚印。这正是猫贪污的证据了，我连忙告发。大家到处通缉，迄无着落。后来听得厢房内有猫叫声，连忙打开电灯一看，五只猫麇集在客人床里吃一条大鱼，鱼头，鱼尾，鱼汤，点缀在刚从三友实业社出三十万元买来的白床毯上！这回大加惩罚：主母打一顿，老妈子和大司务又打一顿。打过之后，大家警戒，以后有鱼，千万当心，谨防贪污。而这天的晚餐，大家没得鱼吃了。

以后，鱼的贪污，因为防范甚严，没有发生。岂知贪污不一定为鱼，凡有油水、有腥气的东西，皆为猫所觊觎。昨天耶稣圣诞，有人送我一个花蛋糕，像帽笼这么一匣。客人在座，我先打开来鉴赏一下，赞美一下。但见花花绿绿的，甜香烘烘的，教人吞唾液。客人告辞，大家送出门去，道谢而别。不过一两分钟，回转来一看，五只猫围着蛋糕，有的正在舐食上面的糖花，有的咬了一口蛋糕，正在歪着头咀嚼。连忙大喊"打猫"，五只猫纷纷跳下桌子，扬长而去。而蛋糕已被弄得一塌糊涂，不堪入目了。我们只得把五只猫吃剩的蛋糕，上面削去一层，把下面的大家分食了。下令通缉，诸猫均在逃，终无着落。

上面所举，只是著名的几件大案子。此外，小小案件，不可胜计，我也懒得一一呈报了。更有可恶的，贪吃偷食之外，又要撒烂污在每人的床底下。就如昨夜我睡在床里，闻得猫屎臭，又腥又酸的，令人作呕。只得冒了夜寒，披衣起床，用电筒检查，但见枕头底下的地上，赫然一堆猫屎！我房间中，本来早已戒严，无论昼夜，不准贪污的猫入内。但是这些东西又小又滑，防不胜防。我们无法杜绝贪污，只得因循姑息下去。大小贪污案件，都只在发生的当初轰动一时，过后渐渐冷却，大家不提，就以不了了之。因此诸猫肆无忌惮，继续贪污。

今天我忽发心，要彻底查究猫的贪污，以根绝后患。我想，猫的贪污，定是没有吃饱之故。倘把只只猫喂饱，它们食欲满足，就各自去睡觉，洗脸，捉尾巴，厮打，或互相舐面孔，不致作恶为非了。于是我叫大司务来，垂询："每日喂几顿？每顿多少分量？"大司务说："每日规定三顿，每顿规定一千元猫鱼，拌一大碗饭。"我说："猫有五只，这一点点怎么吃得饱呢？"大司务说："它们倾轧得厉害。有时大猫把小猫挤开，先拣猫鱼来吃光，然后让小猫吃。有时小猫先落手为强，轮到大猫就没得吃。吃是的确吃不饱的。"我说："为什么不多买点猫鱼，多拌点饭呢？"大司务说："……"过了一会儿又说："太太规定如此的。"我说"你去"，就去找太太，讨论猫的待遇问题。我说："这许多猫，怎么每天只给一千元猫鱼呢？待遇这样薄，难怪它们要贪污了！"太太满不在乎地回答："并没有薄，一向如此呀！"我说："物价涨了呀！从前一千元猫鱼很多，现在一千元猫鱼只有一点点了！你这办法，正是教唆诸猫贪污！你想，它们吃不饱，只有东钻西钻，偷偷摸摸，狼狈为奸，集团贪污。照过去估计猫的贪污，我们损失很大！你贪小失大，不是办法。依我之见，不如从今大加调整。以物价指数为比例：米三十万元的时候每天给一千元猫鱼，如今米九十万了，应给三千元猫鱼。这样，它们只只吃饱，贪污事件自然减少起来。"太太起初不肯。后来我提及了三友实业社的三十万元的床毯，被猫集团贪污而弄脏的事件，太太肉痛起来，就答允调整。立刻下手令给大司务，从明天起，每日买三千元猫鱼。料想今后，我家猫的贪污案件，一定可以减少了。

卅六年十二月二十六日于杭州

第三辑

随笔漫画

雪舟和他的艺术[1]

雪舟等杨是日本的"画圣"。他的画风从十五世纪中期开始,一直在日本画坛上占据主要的地位。欧洲人也崇仰他的艺术,他在世界艺坛上也是名人。而在今天,雪舟逝世四百五十周年的纪念展览会在上海开幕的时候,我们中国人感到特殊的荣幸,因为雪舟和中国有特别密切的关系。

---

[1] 载1956年12月12日《解放日报》。

雪舟生于十五世纪初。他十二三岁的时候就出家为僧。他一面弘扬佛法，一面勤修绘画。他是一个所谓"画僧"。日本十二世纪时就有一个画派，叫作"宋元水墨画派"，就是取法我国宋元诸大画家的画风的。这宋元水墨派的始祖叫作荣贺。然而在荣贺的时代，只是模仿日本商人、禅僧从中国带回去的宋元画家作品，未能发挥水墨画的精神。到了雪舟手里，水墨画方才大大地进步，方才体得了马远、夏圭的真精神。这当然是雪舟的伟大天才的成果，但也是因为雪舟曾经留学中国的缘故。

公历一四六七年，即中国明宪宗成化三年，雪舟从日本来到中国。他先到北京，向当时的宣德画院的画家学习。后来离开北京，南游江浙。他曾经在宁波的天童寺做和尚，名为"天童第一座"。他搜求宋元杰作的真迹，努力研究。同时又邀游于中国名山大川，研究宋元画家的杰作的模特儿。这个时期他恍然悟得了画道的真理："师在于我，不在于他。"这就是说，与其师法别人的画，不如直接师法大自然。荣贺等从纸面上模仿宋元画笔法，雪舟却从山川风景上学习宋元画的表现法。他的师法宋元，不是死的模仿，而是活的应用。雪舟作品的高超就在于此，雪舟的伟大就在于此。

雪舟以前，日本水墨画派中有一个画僧叫作宁一山，是中国元朝的和尚归化日本的。还有一个水墨派画家叫作李秀文，是中国明朝人归化日本的。雪舟曾经师法宁一山和李秀文，后来亲自来到中国，探得了源头活水，画道就青出于蓝。他在中国留学数年，回到日本，大展天才，宣扬真正的宋元精神。于是日本水墨画大大地昌明。所以日本画史中说："水墨画始于荣贺，盛于雪舟。"雪舟之后，日本水墨画界著名的云谷派领导者云谷等颜自称"雪舟三世"。长谷川派的领导者长谷川等伯自称"雪舟五代"。两人为了争取雪舟正统，曾经涉讼，结果长谷川败诉。于此可见雪舟在日本画坛上的权威。直到现在，雪舟的画风还在日本画坛上占据主要地位。所以日本人尊雪舟为"画圣"，全世界崇雪舟为"文化名人"。

如上所述，这位"画圣"和"文化名人"的养成，与我们中国有密切的关系。这使我们中国人在今天的纪念展览会上感到特殊的光荣。同时雪舟这种治学精神，"师在于我，不在于他"，给我国美术家以宝贵的启示，值得我们学习。而且今天这个纪念展览会，还有一点更可贵的意义：我们举办这个展览会，正好与日本商品展览会同时。这可使中国艺术和日本艺术的关系越发密切起来，这可使爱好和平与美的中国人民和日本人民更加亲密起来。这是促进中日友好的一股很大的力量。这一点最可宝贵。

我衷心地、热诚地祝贺中日友好万岁！

天童寺忆雪舟[1]

春到江南,百花齐放。我动了游兴,就在三月中风和日暖的一天,乘轮船到宁波去作旅行写生了。

宁波是我旧游之地,然而一别已有二十多年,走入市区,但觉面目一新,完全不可复识了。从前的木造老江桥现在已变成钢架大桥,从前的小屋现已变成层楼,从前的石子路现已变成柏油马路……街上车水马龙,

---

[1] 载1963年4月24日香港《新晚报》。

商店百货山积。二十多年不见，这老朋友已经返老还童了！

我是来作旅行写生的，希望看看风景，首先想起有名的天童寺。这千年古刹除风景优胜之外，对我还有一点吸引力：这是日本有名的画僧雪舟等杨驻锡之处，因此"天童"二字带着美术的香气。我看过宁波市区后，次日即驱车赴天童寺。

天童寺离市区约五十里，小汽车一小时即到。将近寺院，一路上长松夹道，荫蔽天日；松风之声，有如海潮。走进山门，但见殿宇巍峨，金碧辉煌；庄严七宝，香气氤氲。寺屋大小不下数百间，都布置得清楚齐整，了无纤尘。寺址在山坡上，层层而上，从最高的罗汉堂中可以望见寺院全景。我凭栏俯瞰，想象五百年前曾有一位日本高僧兼大画家住在这里，不知哪一个房间是他的起居坐卧作画之处。古人云："登高望远，令人心悲。"我现在是登高怀古，不胜憧憬！

在寺吃素斋后，与同游诸人及僧众闲谈，始知此寺已有千余年历史，其间两次遭大火，一次遭山洪，因此文物损失殆尽,现在已经没有雪舟的纪念物了。但同游诸人都知道雪舟之名,因为一九五六年雪舟逝世四百五十年纪念,上海曾经开过雪舟遗作展览会,我曾经作文在报上介绍。我们就闲谈雪舟的往事。僧众听了,都很高兴,庆幸他们远古时具有这一段美术胜缘。我所知道的雪舟是这样的:

雪舟姓小田,名等杨,是十五世纪日本有名的画僧,是日本"宋元水墨画派"的代表作家。日本人所宗奉的中国水墨画家,是宋朝的马远与夏圭。雪舟要探访这画派的发源地,曾随日本的遣唐使来华,其时正是明朝宪宗年间。明朝宫廷办有画院,画家都封官职。明代名画家戴文进、倪端、李在、王谔等,都是画院里的人。李在是马远、夏圭的嫡派,雪舟一到北京,就拜李在为师,专心学习水墨画。他一方面临摹古画,一方面自己创作。经过若干时之后,他忽然悟到:作画不能专看古人及别人之作,必须师法大自然,从现实中汲取画材。于是离开北京,遍游中国名山大川。后来到了浙江宁波,看见这天童寺地势佳胜,风景优美，就在这寺里当了和尚。僧众尊崇他，称他为"天童第一座"。他在天童寺一面礼佛，一面研究绘画，若干时之后，画道大进。明宪宗闻知了，就召他进宫，请他为礼部院作壁画。这壁画画得极好，见者无不赞叹。于是求雪舟作画的人越来越多，使得他应接不暇。他在中国住了约四年，然后回国，他在这四年间与中国人结了不少翰墨因缘。

我又想起了雪舟的两种逸话，乘兴也讲给大家听。

有一个中国人求雪舟一幅画，要求他画日本风景。雪舟就画日本田之浦地方的清见寺的风景，其中有个宝塔，亭亭独立，非常美观。后来雪舟返国，来到田之浦，一看，清见寺旁边并没有宝塔。大约是原来有塔，后来坍倒了。雪舟想起了在中国应嘱所画的那幅画，觉得不符现实，很不称心。他就自己拿出钱来，在清见寺旁边新造一个宝塔，使实景和他的画相符合。于此可见他作画非常注重反映现实。

雪舟十二三岁就做和尚。但他不喜诵经念佛，专爱描画。他的师父命令他诵经，他等师父去了，便把经书丢开，偷偷地拿出画具来描画。有一次他正在描画，师父忽然来了。师父大怒，拉住他的耳朵到大殿里，用绳子把他绑在柱子上，不许他行动和吃饭。雪舟很苦痛，呜咽地哭泣，眼泪滴在面前的地上。滴得多了，形状约略像个动物。雪舟便用脚趾蘸着眼泪作画，画了一只老鼠。即将画成的时候，师父悄悄地走来了。他站在雪舟背后，看见地上一只老鼠正在咬雪舟的脚趾。仔细一看，原来是画。因为画得很好，师父以为是真的老鼠。这时候师父才认识了他的绘画天才，便释放他，从此任凭他自由学画。这便是这大画家发迹的第一步。

我们谈了许多旧话之后，就由寺僧引导，攀登寺旁的玲珑岩，欣赏松涛。那里有老松千百株，郁郁苍苍，犹似一片绿海。松风之声，时起时伏，亦与海涛相似。有亭翼然，署曰"听涛"，是我所手书的。寺僧告诉我，某树是宋代之物，某树是元代之物。我想：某些树一定是曾经见过雪舟，可惜它们不肯说话，不然，关于这位画僧我们可以得知更多的史实。

一九六三年三月于上海

参观夏声平剧学校①

我怕参观学校。因为我真有几分像别人说我的"到处儿童识姓名"。一进学校,往往被人包围了要讲话,要签字,甚至拿出册子来要你画几笔。接受了呢,手忙脚乱,疲劳得很;不接受呢,拂人之情,没趣得很。所以还是不跨进学校去为是。这回,我在梅兰芳先生家里遇见了夏声平剧学校的副校长郭建英先生,知道他们

---

① 载1948年5月31日《申报·自由谈》。

的学校已经复员到上海,我自动地约他,次日前去参观。因为一则我在重庆看过他们的表演,舞台面整齐得很,连跑龙套的都精神勃勃,想见他们教得很认真;二则教平剧的学校平生没有见过,我想去广广眼界。

次日上午,两路局的朋友罗良能、楼国华夫妇二人,替我备了一辆小汽车,载了我和女儿陈宝、一吟,一共五个人,依约十点钟开到了闸北宋公园路该校的门口。门房不问姓名,很客气地请我们进内,似乎预先知道的。走进会客室,郭先生就出来招待。他敬烟敬茶之后,就把学校的过去、现在种种详情,一五一十地讲给我们听。良能和国华不是戏迷,听了觉得稀罕,表示十分佩服他们的办学精神。陈宝和一吟呢,因为一向被人讪笑为"戏迷",如今听见这样认真、这样坚苦、这样有条理、这样大规模地教学平剧,好似在他乡遇到了大批的同乡人,在外国遇到了大批的中国人,兴奋之极,得意之至!我呢,一边听郭校长讲,一边对从里面的教室里飘到我耳边来的悠扬的老生唱腔和青衣唱腔,时时发生异样的感觉。因为我过去只听见一人单独唱皮黄,从来没有听见过多数人集团而齐唱皮黄。当这齐唱声飘到我耳边的时候，我最初总以为是西洋风的小曲，岂知其旋律委婉曲折，异乎寻常学校的唱歌，是我从来没有听到过的。当时我说不出这种异样感觉的性状，现在我好有一比，好比作初次看见集体结婚，许多新郎和许多新娘同时出现，岂不异样地好看呢？

我就要求郭校长领我们进去参观教室。他们的校舍很简明，笔直的一排，分作许多间教室。我们逐一参观，有的正在教唱老生，有的正在教唱青衣，还有较大的教室，没有课桌凳的，正在教演武戏。学生大都是十余岁童男童女。嗓子都很清朗，很正确。没有像普通学校唱歌的毛喉咙[1]和音程不准确之病，足见都是经过考选的具有平剧天才的儿童。我又吃惊于他们的教演武戏的认真。那天教演的是《三叉口》，一个孩子仰卧在桌上，假作睡着；另一个孩子在他身边演种种动作，假作想杀他。还有许多孩子坐在旁边看，大约是尚未轮到演习的。

---

[1] "毛喉咙"，意即"沙哑的嗓子"。

我觉得很好笑,但是这些孩子个个板起脸孔,认真地演,认真地看,绝对没有一个笑的。陈宝和一吟也曾请她们的戏教师教《虹霓关》。但她们往往拿枪厮杀了一回,大家笑起来。这笑与不笑之别,便是非专门与专门之别,便是不认真与认真之别。这引起了我的深思,我想:"戏"与"真"相对,故不认真叫作"儿戏"。谁知专门的"戏"比"真"还要认真!反观这世间:个人的事、家庭的事、社会的事、国家的事、国际的事,大都马马虎虎,随随便便,奇奇怪怪,鬼鬼祟祟,全同儿戏一样!故"戏"和"真"这两个字的意义,在现在应该颠倒过来,交换一下,把"戏"称为"真",把"真"称为"戏"!

我想到这里,良能指着壁上的脸谱叫我看。我看见各种脸谱的分类图,忠奸贤愚,一一分别,下面有字注明。良能所指给我看的,是一只凶猛的脸孔,下面注着"强盗与和尚"。良能指着这行字对我笑。我也笑起来。看破红尘的和尚,与谋财害命的强盗同类,脸谱上早有定规。足见人世社会的马马虎虎,随随便便,奇奇怪怪,鬼鬼祟祟,自古已然,不是从今世起的!

可胜叹哉！可胜笑哉！

　　参观过各教室之后，郭校长又引我们到后面的空地上去看。一看，那空地就同教室一样，也有许多小团体在教练，有教唱的，有教演的。可见他们的校舍太狭窄，课业太认真，不得不向外发展到空地上去。陈宝和一吟就在外光下替他们拍了好几张照片。参观毕，少不得讲演一次。我对平剧是门外汉，爱而不懂，只有从旁讲了些赞扬、勉励的话。告辞上车，回到良能家将近正午。他们已经准备午酒，等我们去吃。席上除丰盛的肴馔外，还有夏声参观的回忆，都是很好的下酒物。国华在酒中也是巾帼英雄，一口能干半斤。良能在宾朋前不便对夫人示弱，也用大杯狂饮。我被这一对小夫妇灌醉，苍颜白发，颓乎其中了。席散，扶醉出门，小步园中。时值暮春，林花烂漫。好风习习，吹人欲仙。自流亡以来，十一年间，不曾有过像今日的邀游与痛饮，故不可以不记。

　　　　　　　　　　　　三十七年五月廿七日于杭州

桂林艺术讲话之二[①]

多数人对"艺术"的观念,一向"糊里糊涂"。只看他们乱用"艺术的"三个字,便可知道。真确的称之为"科学的",善良的称之为"道德的",他们都不会弄错。独有"艺术的"一语,多数人都在乱用:他们看见华丽就称之为"艺术的",看见复杂就称之为"艺术的",看见新奇就称之为"艺术的",甚至

[①] 载1938年9月30日《星岛日报·星座》第61期,题为《新中国的艺术》。

看见桃色的东西也称之为"艺术的"。听的人也恬不为怪。

而在另一方面，艺术家管自尊崇艺术，称之为"灵感的""神圣的"事业。教育部颁行课程标准，也说艺术科可以"陶冶感情"，"美化人生"，"涵养德性"。听的人也恬不为怪。倘使两方都不错的话，那么华丽、复杂、新奇、桃色的东西，难道真能陶冶感情、美化人生、涵养德性，而为灵感的神圣的事业吗？可见艺术到底是甚样的一种东西，多数人弄不清楚，一向糊里糊涂。现在我们非加以清理不可。

艺术的性状特别，内容很严肃而外貌又很和爱，不像道德法律等似的内外一致。因此浅见的人容易上当，以为艺术只是一种消闲娱乐的装饰品。好比小孩子初次看见金鸡纳霜片，舐舐看甜津津的，只当它是一粒糖，不知道里面含有药。只当它是糖果之类的闲食，不知道它有歼灭病菌、澄清血液、健康身体的大功用呢。所以现在我们要清理艺术观念，非把这颗金鸡纳霜打开来，使糖和药分别一下不可。

打开金鸡纳霜来一看，发见糖衣和药粉。打开艺术来一看，发见技术和美德。技术和美德合成艺术，其关系如图所示。

（善）美德（质） 藝術 （巧）技術（文）

所谓"美德"，就是爱美的心，就是芬芳的胸怀，就是圆满的人格。所谓"技术"，就是声色，就是巧妙的心手。先有了爱美的心、芬芳的胸怀、圆满的人格，然后用巧妙的心手，借巧妙的声色来表示，方才成为"艺术"。先有了可贵的感想，再用巧妙的言语来表出，即成为好诗。用巧妙的形状色彩来表出，即成为好画。这好诗与好画便是好"艺术"。不然，倘只有美德（即只有可贵的感想）而没有技术（即巧妙的心手），其人固然可敬，但还未为艺术家。反之，倘只有技术而没有美德，其人的心手固然巧妙，但不能称为艺术家。他们只是匠人。现今多数人的误谬，就是错认匠人为艺术家。故艺术必须兼有巧妙的形式和可贵的内容，即艺术家必须兼有技术和美德。

举实例来说，岳飞的《满江红》是很好的艺术品。因为"怒发冲冠，凭阑处潇潇雨歇……莫等闲白了少年头，空悲切……驾长车踏破贺兰山缺。壮志饥餐胡虏肉，笑谈渴饮匈奴血……"词意慷慨激昂，音节铿锵有力，使人读了发生无限的感动与兴奋。这《满江红》充分兼有技术与美德，故为高贵的艺术。又如西班牙现时画家加斯推拉（Castelao）①描写叛军轰炸无辜平民的惨象，用笔周详，描写生动，构图妥帖，而用心仁慈隐恻，立意深远伟大，使人看了感到无限的愤慨与奋勉。我曾见过一幅描写轰炸后掩埋尸体之景象，题曰"他们埋的是种子，不是死尸"。又一幅描写先生

---

① 今译作"加斯特劳"。

被炸死，小学生在旁哭泣，题曰"教师的最后一课"。我看了深为感动。这些画充分兼有技术与美德，故为高贵的艺术。

由此可知真正的艺术，必兼备"善"和"巧"两条件。善而不巧固然作不出艺术来，巧而不善更没有艺术的资格。善而又巧，巧而又善，方可称为艺术。故徒然悦人耳目，而对人没有启示的，不是艺术；徒然供人消遣，而对人没有教训的，不是艺术。旧说，艺术分为八类，即绘画、雕塑、建筑、工艺、音乐、文学、舞蹈与演剧。新中国的艺术，应该改订其分类法：例如有美丽形式与深刻的教训者，称为艺术品。只有美丽的形式，而内容不含何种启示或教训者，则称为"技术品"。免得使人糊里糊涂，玉石不分；遂使据一技之长者，自命为教授，为机变之巧者，冒充艺术家，害己害人，误民误国！

艺术家的修养功夫，由此亦可想而知：先须具有芬芳的胸怀、高尚的德性，然后磨炼听觉、视觉、筋觉。如此，方可成为健全的艺术家。即如前图所示："美德"与"技术"两圆相交,其叠合的部分方为"艺术"。但在修养上,两者的先后与重轻,亦非郑重分别不可:欲为艺术家者,必须先修美德,后习技术;必须美德为重,而技术为轻。何以言之?因为具足美德而缺乏技术,其人基础巩固,虽不能为成全的艺术家,自不失为高尚善良的一个"人"。人不是一定要做艺术家的。反之,倘学会了技术而缺乏美德,其人就不能正当地应用其技术,误用技术,反而害人。〔淫乐淫画的作者、淫书的著者、谄媚拿破仑的画家David(大卫)、以诗交结日本人的汉奸黄濬等,皆是其例。〕这可借孔子的话来说明。孔子曰:"质胜文则野,文胜质则史,文质彬彬,然后君子。"质是忠诚的质地,文是才智的修饰。孔子说:忠诚胜于才智,则为鄙略(即野);才智胜于忠诚,则为机巧(即史)。必须忠诚与才智均等具足(即彬彬),方才可为君子。先贤注释曰:"文质不可以相胜,然质之胜文,犹之甘可以受和,白可以受采也。文胜而至于灭质,则其本亡矣。虽有文将安施乎?然则与其史也宁野。"这话正好借来说明他的艺术论。"质"犹美德也,"文"犹技术也。"文质彬彬然后君子",犹美德与技术兼备方为艺术家也。"质胜文则野",犹美德胜于技术,不失为善良之人也。"文胜质则史",犹技术胜于美德,而为机巧之徒也。先贤说"与其史也宁野"。现在我可模仿他说:新中国的艺术学者,与其为机巧之徒,毋宁为善良之人。

二十七年夏

西洋美术底根源[1]

西洋美术底源流,出于希腊。古代希腊美术,就是一切西洋美术底根流,古代希腊美术,是专用大理石雕像代表的。然时代隔远,遗物极少。今日所保留着的、最完全的希腊古代雕刻,要算巴黎罗佛尔美术馆(Musée du Louvre)[2]所藏的《米洛岛底凡妮司》(*Venus*

---

[1] 载1924年3月31日《民国日报·艺术评论》第49号。

[2] 今译作"卢浮宫"。

de Milo）①。就是希腊神话里所谓美之神。Venus 是一千八百二十年在希腊群岛上一个 Mill 岛底海边发掘出来的，是希腊雕塑最盛期的作品，据说是前四世纪希腊雕刻名家斯可派斯 (Scopas)② 底雕刻。但此说真伪莫辨，有人说作者不明。这 Venus，就是希腊神话里的阿富洛谛脱 (Aphrodite)③，雕工极佳，清婉而端严，不是卑俗的恋爱的女神，是掌天地万物底繁英的、极高尚的恋爱的象征，十分表出 Aphrodite 底胜利的神格。

Venus 埋在土中数千年，大理石面毫不受腐蚀，不过两臂失掉了。这两臂究竟原作是如何生注的，已经近世许多美术家种种地研究过，到底不能得确定的意见。现在原像珍藏在 Louvre 美术馆，原像比真的人体略大些，仿造的石膏像，有大小各种，在各国美术品店里都有发售，又造有头像及胸像，专供美术学生模写及研究之用。

---

① 今译作《米洛的维纳斯》。
② 今译作"斯科帕斯"。
③ 今译作"阿佛洛狄忒"。

Venus像，在美术上是美底最高标准。一千八百年普法战争时，法人预先把这像深深地埋藏在地中。这一次的欧战，也用铁箱秘藏在地下室中，所以战后得无伤害。因Venus是美术上最高标准，故历来都注意保护。

除Venus以外希腊古代雕刻中第二名高的，就是希腊底雅典底派尔推侬(Parthenon)神殿[1]所装饰的群像。Parthenon神殿，是纪元前五世纪为了Athena Parthenon[2]女神祭而建的殿堂，建筑备极壮丽，全部用世界上所出最上等的大理石造成，堂内有用金和象牙造成的Athena Parthenon女神底立像，全部工程经四百三十八年方始告成，今日所遗，只有几个殿内装饰的神像，现在保藏在伦敦大英美术院(British Museum)[3]内。这几个像，被潮雨浸蚀，表面生斑点如砾石，且手及头失掉的也有。这几个雕像，确是希腊古代美术的真迹，故除Venus以外，要算最可宝贵了。

---

[1] 今译作"帕特农神庙"。
[2] 指雅典娜。
[3] 今译作"大英博物馆"。

西洋美术底源流是希腊古代雕刻，故希腊古代美术是美术史上很重要的部分。希腊以后，美术界忽然衰退，直至十六世纪后，始有 Raphael①、Gothic②、Donatello③等起来，建设"文艺复兴"即所谓"Renaissance"是。

---

① 指意大利文艺复兴时期的画家拉斐尔。

② 指代哥特风格。

③ 指意大利文艺复兴时期的雕刻家多那太罗。

印象派以后①

印象派以后诸画派,最重的是新印象派(Neo-Impressionism of Pointilism)、后期印象派(Post-Impressionism)、立体派(Cubism)和未来派(Futurism)。分述于下:

新印象派是由 Monet(莫奈)、Manet(马奈)所倡的前印象派更进一层的科学的制作,首领是 Sura(修

---

① 载1924年4月21日《民国日报·艺术评论》第52期。

拉）和 Signac（西涅克）。新印象派与前印象派同是受物理学的影响，而应用于制作底技巧上的。Monet 等所倡的前印象派，是在画布上用色时用所谓 touch（笔触）即佛语 touche 的方法，在适当的距离看时，就很融合地在眼中综合了。至于新印象派的人们，touche 的时候，不用纵横的色彩等，而用一种圆的色点。他们是从物理学上来计算这方法的色底分解和色底综合是适当的。所以新印象派一名为点画派 (Pointilism)。所以看这等人底风景画时，恰如有许多砾石似的大点撒布在画布上；而在一定距离看望时，就十分融合，并成一种近于天然的色彩。然 Pointilist 底办法，有一个缺点——太流于机械的了，不免有不自然之感。即乏于一种感旧，终于使绘画脱出了艺术的境域。故 Pointilism 底极端是不快的。

后期印象派看来似乎是印象派底进化，其实不然，主张完全相反，根本的立脚地也不同。前述的前期印象派、新印象派，都是以自然为主，到处服从自然的；后期印象派的画家则是以情调为本位的，当时曾大骚扰伦敦一班画家。后期印象派是有现代意义的绘画,即合于现代人底精神状态的艺术,故即使不属此派的画家,也必有采用此派底技巧的倾向。这派不限于法国与英国,盛行于欧洲大陆及美洲,今日的最有生命的各画风,就是蹈袭这画派底系统的。

后期印象派底先觉者为Cézanne(塞珊)[①]。同时大将有Gauguin(果庚)[②]、Gogh(谷诃)[③]、Dani(独尼)[④]等。前期印象派及新印象派,迷于光线、空气、色底分解等描写,这派是彼等的反动。这派不努力于模仿自然底形似,就用色彩、线条作为画家底言语,使主观的感情当面结晶。这等现象,完全是从东洋画家取出的作画态度,故后期印象派是从东洋绘画得到暗示的。从来西洋画都是汲汲于描写自然底形似底美的,东洋画反之,全是把自己的情绪,即主观的感情

---

① 今译作"塞尚"。
② 今译作"高庚"。
③ 今译作"凡·高"。
④ 今译作"达尼"。

描出在纸上或绢上的，完全是不受自然底形似底束缚的。故用形用色，都奇异而离于实际，远近法更不拘泥。观察和描现，都不从事于局部，只示一端就使人想象全体的，故东洋的绘画，全是一种符号或象征，是超越物众而创造别的一种美的。换言之，东洋画实在是色彩和线条底音乐的合奏，所以后期印象派出发于东洋画，实在并非过言。

印象派以后诸画派，有一派叫作 Intimists（内景主义派）。这派底宗旨，是反对今日画家底尊外光、重明了，而注重人间底内心运动底描写。首领是卡利安尔（Cariel）[①]同派的人，现在有许多正在活动着。这派虽然还不曾树立明了的旗帜，但可确定是将来很有力的画派，因为这派是混合现代各方面反射来的宗教、道德等思想为内容，而以印象派的技巧为外饰的。所以从技巧上论，虽说属印象派的，而内容有智力及理想的活动。这样，这派的画就是一种象征艺术。在历史上观，

---

① 今译作"卡里埃尔"。

Intimists 是从印象派移到将来的新画派的桥梁。

近来在巴里[①]新兴的"立体派",也是新画派之一。首领是报卡索 (Picasso)[②],他底主张是反对印象派和后期印象派底光线本位和色本位,而表示自然底感觉时,不求自然底形似,纯粹用形和色,即各种的角、曲线、面、浓淡(特别多三角形、四角形等几何形体)等来表示感情,所以又称"三角派"。后期印象派虽然注重内心运动而以情调为本位,但终还执着于自然底形似;立体派则主张和客观的要素(即自然的外观)全然绝缘。所以立体派是全不拘束于自然底形似,而描写从自然得来的主观的情绪的,这确是极彻底的写实主义。又新印象派等是把光分解了描现的,立体派则把形分解,支离灭裂地分解自然底形,使这元为形底单位,而描在画上。Picasso 有名的作品是《抱曼独铃 (mandoline) 的男子》[③],但这画中并不见 mandoline,但见直线、曲线、

---

① 指巴黎。

② 今译作"毕加索"。

③ 今译作《弹曼陀林的男子》。

三角形、四角形纵横交错着。要之，立体画是把后期印象派画推进一层，达后期印象派底画论底极点的。

二十世纪初，在伊大利①又起一"未来派"。这运动不但在造形美术，文学、音乐等都受这影响。主动者是一个诗人，名为马利耐典(Marinetti)②的，和许多画家及音乐家、文学家。主张是须得用更新的感觉——现代人的感觉——来洞察自然，这点和立体派共通。所异者，从来的绘画都是静的，无论描何等活动的形象，终不过是表示一瞬间。未来派则相反，把时间描进画中去。例如画走马，脚可描数十只，表示动的感觉。未来派视一切物体为半明的，他们在描出肉眼中所映的以外，又描心眼中所映的。所以凡和画的主物存直观的关系的，都描进去。例如《在窗中眺望的女子》的画题，普通总是描一个女子、窗、窗帘、窗外景、射入的光等肉眼所见的事物的。但未来派不然，未来派的办法是要把这女子底内的状态描出来。这女子正在看望街

---

① 即意大利。
② 今译作"马里内蒂"。

里的人家、烟囱、广告、路上的行人等时，就把这等物象和对于这等物象的这女子底精神描出来。立体派和未来派在理论上分别很困难；在实际上分别，可说：几何形体纵横交错的是立体派，现出运动来的是未来派。

最近的画派是俄国画家康缔斯奇(Kandinskiy)[①]所创设的构图派(Compositionism)。主张艺术底目的，不在写自然，是用艺术家底主观，即内的生活来发表；更适切地适合，是使艺术家底感情用物质的形式来发表。故在绘画，应该用纯粹的形状色彩传达画家底感情于观者，所以毫无捉到自然底形似的必要。因为绘画中倘然用了自然的形似，观者对之就生起智的活动而妨害感情底发生了。所以真的艺术，没有借自然形似的必要。这样，构图派的绘画和自然界的形相色彩全然没交涉，全然用没有对象的、纯粹的、画家头脑中表现出来的、像文字似的"色彩的音乐"，仿佛作曲似的全然从主观描出，这是近代最进步的画派。

---

① 今译作"康定斯基"。

漫画浅说[①]

近来西洋画界中有"漫画"的一种新流行,特别盛行在法兰西艺苑中,虽未被确认为现代艺术底一种代表物,但因为它有一种魅人的力,充盈在画面上,牵惹观者底心目,故在西洋画坛上竟占有一个特殊的地位而别开一新面目。最近此风已蔓延及日本,新起的漫画家甚众,社会对于漫画的评判甚好。漫画底表现、

---

① 载 1925 年 10 月 13 日《申报》。

漫画底艺术的价值及在绘画界的位置，究竟如何，自然是我们现在最有兴味的一种研究了。

漫画是白和黑（white and black）的画，表现的工具很简单。不要长时间，不要颜料及画布，也不要别的复杂、特别的设备。只要一片纸、一管笔，费几分钟的时光，用寥寥数笔来表现自然人生的一种活跃姿态。力强、明晰、潇洒、即兴的表现，诗的趣味，实为庞大的油画、水彩画等所不能致。看了法国 André Rouveyre（安德烈·鲁韦尔）的漫画肖像、Félix Vallotton（费利克斯·瓦洛东）底漫画现代描写、日本竹久梦二的抒情小品，使人胸襟为之一畅，仿佛苦热中的一杯冷咖啡。漫画给我的憧憬比一切艺术给我的多，假使不妨以自己的好恶为艺术批评的标准，我定要说漫画是现代艺术的最精彩的产物。

从来西洋画底共通的特色，是写实风的剧的趣味，而其缺点便是写实的分子底过甚。东洋画以诗趣胜，贵逸致，然其缺点也便是疏阔之过甚。剧的分子过甚的艺术品使人发生苦重之感，同时疏阔过甚的艺术品也有空虚的缺陷。漫画则以西洋画的布局为基，而施用东洋画的直截明白的办法，兼有二者之长。漫画虽然是黑白两色的简单的绘画，但其根本筑在这样的一个特殊的基础上面，故能在画坛上占有特殊的位置。漫画底艺术的真价，请略述如下：

黑白分明，是漫画的特殊的表现手段，不用别种颜色，单以黑白两色为表现工具，结果漫画所描取的必是强烈明显的大调子。换言之，即人生自然的强明的印象，彼色彩复杂的油画，调子周详的木炭画，所表现的固然精到，但在"力强"与"直截明白"的点上，终不及黑白两色的简单的表现的漫画。黑白两色的描写，在油画、木炭画仿佛是日本所谓"下涂"(ground work)或大调子，即最初起草的稿底，下涂或画稿另有一种疏淡洒落的妙处，为已完成的画所不备，这是作画的人所常常感到的事实。因这理由，未完成的(unfinished)诗慨契(sketch)有特别的风味，在近代绘画上竟成了一种新的式样，而列入近代的绘画展览会，采取这点"未完成"的妙处而正式造成一种绘画样式的，就是漫画。

我们在生活中，不断地感到人生的美与悲痛，把人生的美与悲痛，用力强的黑和白来直截痛快地表出。在作者何等快慰，而在观者何等刺激与憧憬。艺术，（像 Taine① 所说）是性格的追求。真艺术底特征，便是性格底描出，漫画底艺术的真价，就在于它能力强地描出自然人生的性格。

所以漫画之道，是用省笔法(simplification)来迅速地描写灵感(inspiration)，仿佛莫泊桑的短篇文，捉住对象的要点，描出对象的大轮廓，或只示对象底一部而任读者自己悟得其他部。这概略而迅速的省笔法，能使创作时的灵感直接地自然地表现，而产出"神来"的妙笔，一方又现省笔的描写，凭观者想象其未画出的部分，故含蓄丰富，而画意更觉深邃。

法国漫画家 Rouveyre 与 Vallotton，皆以善画人物性格表情著名。R 氏擅长漫画肖像，特别多画巴黎著名妇人或女优之颜貌，观察敏锐，描写刻画，每一颜面必

---

① 指法国艺术史家泰纳。

表出一种心状的象征。巴黎女子一经 R 氏之笔，无不变成奇物。V 氏善画群众，能用极简省的手法作表情不同的许多颜面，而各具有特殊的性格。日本漫画家竹久梦二与中村不折所作，富于诗趣，东洋的风味更为浓厚。关于各家作品的鉴赏，俟别的机会当再为读者论述之。

十四年双十节前晚在立达学园

随笔漫画[1]

随笔的"随"和漫画的"漫",这两个字下得真轻松。看了这两个字,似乎觉得作这种文章和画这种画全不费力,可以"随便"写出,可以"漫然"下笔。其实绝不可能。就写稿而言,我根据过去四十年的经验,深知创作——包括随笔——都很伤脑筋,比翻译伤脑筋得多。倘使用操舟来比方写稿,则创作好比把舵,翻

---

[1] 载1959年2月12日上海《文汇报》,题为《呓语》。

译好比划桨。把舵必须掌握方向，瞻前顾后，识近察远；必须熟悉路径，什么地方应该右转弯，什么地方应该左转弯，什么时候应该急进，什么时候应该缓行，必须谨防触礁，必须避免冲突。划桨就不须这样操心，只要有气力，依照把舵人所指定的方向一桨一桨地划，总会把船划到目的地。我写稿时常常感到这比喻的恰当：倘是创作，即使是随笔，我也得预先胸有成竹，然后可以动笔。详言之，须得先有一个"烟士比里纯"[①]，然后考虑适于表达这"烟士比里纯"的材料，然后经营这些材料的布置，计划这篇文章的段落和起讫。这准备工作需要相当的时间。准备完成之后，方才可以动笔。动笔的时候提心吊胆，思前想后，脑筋里仿佛有一根线盘旋着。直到脱稿之后，直到推敲完毕之后，这根线方才从脑筋里取出。但倘是翻译，我不须这么操心，把原书读一遍之后，就可动笔，逐句逐段逐节逐章地把外文改造为中文。考虑每句译法的时候不免也费脑筋。

---

① "烟士比里纯"，英文 inspiration 的音译，意即"灵感"。

然而译成了一句，就可透一口气，不妨另外想些别的事情，然后继续处理第二句。其间只要顾到语气的连贯和畅达，却不必顾虑思想的进行。思想有作者负责，不须译者代劳。所以我做翻译工作的时候不怕旁边有人。我译成一句之后，不妨和旁人闲谈一下，作为休息，然后再译第二句。但创作的时候最怕旁边有人，最好关起门来独自工作。因为这时候思想形成一根线索，最怕被人打断。一旦被打断了，以后必须苦苦地找寻断线的两端，重新把它们连接起来，方才可以继续工作。近来我少创作而多翻译，正是因为脑力不济而"避重就轻"。

这时候我想起了三十多年前的生活情况：屋子小，没有独立的书房。睡觉，吃饭，工作，同在一室。我坐在书桌旁边写稿，我的太太坐在食桌旁边做针线。我的写稿倘是翻译，我欢迎她坐在这里，工作告一段落的时候可以同她闲谈一下，作为调剂。但倘是创作，我就讨厌她。因为她看见我搁笔不动，就用谈话来打断我的思想线索。但这也不能怪她，因为她不知道我写的是翻译还是创作；也许她还误认我的写稿工作同她的针线工作同一性状，可以边做边谈的。后来我就预先关照："今天你不要睬我。"同时把理由说明：我们石门湾水乡地方，操舟的人有一句成语，叫作"停船三里路"。意思是说，船在河中行驶的时候，倘使中途停一下，必须花去走三里路的时间。因为将要停船的时候必须预先放缓速度，慢慢地停下来。停过之后再开的时候，起初必须慢慢地走，逐渐地快起来，然后恢复原来的速度。这期间就少走了三里路。三里也许夸张一点，一两里是一定有的。我正在创作的时候你倘问我一句话，就好比叫正在行驶的船停一停，我得少写三行字。三行也许夸张一点，一两行是一定有的。我认为随笔不能随便写出，理由就如上述。

　　漫画同随笔一样，也不是可以"漫然"下笔的。我有一个脾气：希望一张画在看看之外又可以想想。我往往要求我的画兼有形象美和意义美。形象可以写生，意义却要找求。倘有机会看到了一种含有好意义的好形象，我便获得了一幅得意之作的题材。但是含有好意义的好形象不能常见，因此我的得意之作也不可多得。记得有一次，我在院子里闲步，偶然看见石灰脱落了的墙壁上的砖头缝里生出一枝小小的植物来，青青的茎弯弯地伸在空中，有三四寸长，茎的头上顶着两瓣绿叶，鲜嫩袅娜，怪可爱的。我吃了一惊，同时如获至宝。因为这美丽的形象含有丰富深刻的意义，正是我作画的模特儿。用洋洋数万言来歌颂天地好生之德，远不及用寥寥数笔来画出这枝小植物来得动人。我就有了一幅得意之作，画题叫作"生机"。记得又有一次，我去访问一位当医生的朋友，走进他的书室，看见案上供着一瓶莲花，花瓶的样子很别致，仔细一看，原来是一尺来长的一个炮弹壳，我又吃一惊，同时又如获至宝。因为这别致的形象也含有丰富深刻的意义，也是我作画的模特儿。用慷慨激昂的演说来拥护和平，远不如默默地画出这瓶莲花来得动人。我又有了一幅得意之作，画题叫作"炮弹作花瓶……"。我的求画材大都如此。倘使我所看到的形象没有丰富深刻的意义，无论形状、色彩何等美丽，我也懒得描写；即使描写了，也不是我的得意之作。实在，我的作画不是作画，而仍是作文，不过不用言语而用形象罢了。既然作画等于作文，那么漫画就等于随笔。随笔不能随便写出，漫画当然也不得漫然下笔了。

一九五七年一月十八日于上海作

读　书[①]

《中学生》杂志社出了一个关于"书"的题目来，命我写一篇随笔。倘要随我的笔写出，我新近到杭州去医眼疾，独游西湖，看了西湖上的字略有所感，让我先写些关于"字"的话罢。

以前到杭州，必伴着一群人，跟着众人的趋向而游

[①] 载1933年11月《中学生》第39号，文末署"二十二年秋日"。又载1947年7月7日《天津民国日报》，改题为《独游西湖》，文字略有删改。

西湖。走马看花地巡行,于各处皆不曾久留。这回独自来游,毫无牵累。又是为求医而来,闲玩似属天经地义,不妨于各处从容淹留。我每在一个寻常惯到的地方泡一碗茶,闲坐,闲行,闲看,闲想,便可勾留半日之久。

听了医生的话,身边不带一册书。但不幸而识字,望见眼前有文字的地方,会不期地睁着病眼去辨识。甚至于苦苦地寻认字迹,探索意味。我这回才注意到:西湖上发表着的文字非常之多,皇帝的御笔、名人士夫的联额,或勒石,或刻木冠,冠冕堂皇地,金碧辉煌地,装点在到处的寺院台榭中。这些都是所谓名笔,将与湖山同朽,千古留名的。但寺院台榭内的墙壁上、栋柱上甚至门窗上,还拥挤着无数游客的题字,也是想留名于湖山的。其文字大意不过是"某年某月某日某人到此"而已,但表现之法各人不同:有的用炭条写,有的用铅笔写,有的带了(或许是借了)毛笔去写,又有的深恐风雨侵蚀他的芳名,特用油漆涂写。或者不是油漆,是画家的油画颜料。画家随身带着永不褪色的法国罗佛朗制的油画颜料,要在这里留名千古,是很容易的。写的形式，又各人不同：有的字特别大，有的笔画特别粗，皆足以牵惹人目；有的在别人直书的上面故用横行、斜行的文字，更为显著而立异；又有的引用英文、世界语，使在满壁的汉字中别开生面。我每到一处地方，不论碑上的、额上的，壁上的、柱上的，凡是文字，都喜观玩。但有的地方实在汗牛充栋，尽半日淹留之长，到底不能一一读遍所有各家的大作。我想，倘要尽读全西湖上发表着的所有的文字，恐非有积年累月的闲工夫不可。

我这回仅在惯到的几处闲玩二三日。但所看到的文字已经不少。推想别处，也不过是同样性质的东西增加分量罢了。每当目瞑意倦的时候，便回想关于所见的所感。勒石的御笔和金碧的名人手迹中，佳作固然有，但劣品亦处处皆是。它们全靠占着优胜的地位，施着华美的装潢，故能掩丑于无知者之前。若赤裸裸地品起美术的价值来，不及格的恐怕很多。壁上的炭条文字中，涂鸦固然多，但真率自然之笔亦复不少。有的似出于天真烂漫的儿童之手，有的似出于略识之无的工人之手。

然而一种真率简劲的美，为金碧辉煌的作品中所不能见。可惜埋没在到处的暗壁角里，不易受世人的赏识，长使笔者为西湖上无名的作家耳。假如湖山的管领者肯选拔这些文字来，勒在石上，刻在木上，其美术的价值当比御笔的石碑高贵得多呢。

我的感想已经写完，但终于没有写到本题。倘读书与看字有共通的情形，就让读者"闻一以知二"罢。不然，我这篇随笔文不对题，让编辑先生丢在字纸笼里罢。

二十二年九月

谈自己的画[1]

——《彩色子恺新年漫画》

开明书店发行的《中学生》杂志今年一月号,附送一张用中国纸彩色印的我所画的立幅,叫作《彩色子恺新年漫画》。我在广告上看到这个名称,觉得好笑,因为自己被两个形容词夹住了,摆在一个名词上面,似觉有些儿不自然。

然而我不敢怪这名称的不自然。因为我的画比这名

---

[1] 载1935年3月5日《申报·自由谈》。

称更不自然,这立幅简直是画错的!

数万的《中学生》读者,大概都没有发见我的画的错处。不然,何以一两个月来只有寄宣纸来向我索立幅的信,而不见指摘我这立幅的错误的信呢?又何以有人肯拿这立幅去装裱,使这错误的画也会高揭在裱画店里的壁上呢?但也许不然。早已有人看出这立幅的画错,在那里议论。不过他们不屑,不愿,或不便用文字宣布出来使我坍台。

但我似乎不需要台,在这里自己拆坍了:我这立幅是画错的;至少,是画得很笨拙的。容我自白:

画错在什么地方呢?请看这幅画:近景是岸,岸上有一株长松。远景也是岸,岸上有半个朝暾透出在地平线上,正在发射光芒,驱逐那上面的云翳。中景是一叶小舟,靠近此岸,正在向着彼岸的朝暾进发。画错的就在这地方。请看那船里,共有四个人,两个穿童子军装的青年,一个坐在船头,一个坐在船尾。还有两个少女,并坐在船舱中。他们都面向着朝暾,背向着观者;他们都在打桨。船尾的人右手持桨的中部,左手持桨的柄端，他是以桨代舵的。其余三个人的桨，中部都系住在船舷上。三人都用两手执持柄端而一俯一仰地推扳。朋友告诉我："你画错了！这三人都在倒扳桨，这船不能达到光明的彼岸，却在那里向后退了！"不错，这三支桨是合杠杆作用的。中部系住在船舷上的是支点。柄端是力点。入水的桨叶是重点。把桨叶伸入水中而扳进桨柄，船当然向后退，退到撞破在此岸上。这真是很大的错误了。

然而我可以辩：他们三人都是"推桨的"，不是"扳桨的"。推桨者，当桨叶入水时，把桨柄向前推；出水时向后扳。船也会前进。图画不像电影能显示过去、未来的动作，你安知船头上俯着的青年不是刚才推尽一桨，而是正在开始扳进一桨呢？你又安知道船舱里仰着的两少女不是正在开始推桨而是刚才扳尽一桨呢？

朋友笑了一笑，告诉我："你的手通年拿笔杆，没有拿过桨，不知此中甘苦。这强辩分明是无用的。你知道吗？推桨很吃力，进行又很迟缓，且扳进时桨叶出水而在空中，轻飘飘的，身体若不用劲，容易向后翻倒。

聪明的舟人绝不肯取这划法。即使你的话不错，这船里的青年少女们都是'出力不讨好'的笨人。我告诉你：你应该教他们'向后转'，面向着观者而背向着光明。这样，既可省力，又可速达，还可以用笑嘻嘻的脸孔来讨好观者，岂非一举三得吗？"

我听了这话，恍然若悟。次日起一个早，跑到湖边雇一只船，把船头向着朝暾，就亲自来演习这推桨的工作。果然觉得很吃力，很迟缓，一不用劲，又很容易翻倒。而且又被船老大笑，他忠告我："先生，你调转来，把屁股向着太阳光，舒服得多呢！"我曾经一度听从他的劝告；但立刻又调转来，情愿出力不讨好。因为我在舒服之后，发觉一大缺憾，就是不见了太阳，背向了光明。屁股上不生眼睛，心中时时着急，不知我的船是否对正了光明之路而前进。因此我宁愿吃力些，迟缓些，用劲些，而仍取我的划法。由听别人笑我笨拙罢。只要能面向着光明前进，我心就安。这时候我悟到了向朝暾划船的两条哲理：你倘要省力，要速成，要舒服，要不被人笑，须得背光明。你倘要向光明，只得吃力一点，迟进一点，用一点劲，再被人笑几声。

啊！我这立幅画错了！对不起印刷工人和书店，要他们花费许多工本来印送，还在其次。第一是对不起读者，这画上写明"二十四年元旦为中学生读者作"，仿佛是在恭喜发财的元旦劝青年吃力，迟进，用劲，又被人笑。这是何等重大的罪过！因为现在的世间，实利第一，大家尽量地求省力，求速成，求舒服。谁肯为了一些吃不得的光明而干出力不讨好的事呢？

当这立幅还未印刷的时候，原有善意的友人指摘这画中事实的错误。但我固执地不听，就把画发表了。"一言既出，驷马难追。"何况数万张《彩色子恺新年漫画》的立幅交邮差分送到数万读者的案头，而我又并没有一匹驽马，怎样追得回来呢？让我错到底，笨到底罢。不但在这里自白了我的错和笨，又在这里登了一个润例的广告，开始卖我那种错和笨的画。这篇文章也可说是广告的广告。

二十四年三月一日于杭州皇亲巷六号

谈"画"[1]

昨夜雷雨,今晨日出。地面潮湿,三和土□变□色。人在天地变乖之中,头晕目眩,似感疾病。欹床偶展旧日漫画集,见《燕归人未归》《翠拂行人首》二帧,前者写楼头少妇及垂杨归燕之景,后者写柳下踏青之状。反忆过去太平春景,令人惆怅。遂援笔作画,画一楼半为炮火所摧残,旁有杨柳依旧垂条,上有燕子

---

[1] 载1941年3月27日《中央日报》"中央副刊"第8号。

来归故巢，而旧主人不知去向。题曰《燕归人未归》。又画一群男女老幼仓皇逃难，道旁杨柳垂条正拂其头，题曰《翠拂行人首》。以此二幅与前二幅相对比，不胜今昔之感。忆二十七年春客某地时，被某团体邀宴。宴毕座谈，主席首先发问："先生昔日曾写月上柳梢头等画，请问今日宜如何写？"吾告以"和平为常，战争为变"之大义使知"月上柳梢头"永远美丽，决不因战争而变损其审美价值。唯浅薄之人，以写今后战争时髦，大家将靠战争吃饭，遂思尽行打倒和平幸福之作品，而提倡杀人放火之描写。惜当时未曾作上述二幅。若已作者，当将新旧二种出以相示，试问何者为美。垂杨归燕为美欤，抑家破人亡为美欤？柳下踏青为美欤，抑仓皇出走为美欤？若曰前者为美，则常变之义大明，主席之问即不成问题。画家处今日固不得不写战时之所见所感以协助民众；但平时所写和平幸福之作品，并不失却其价值，并非今后不可再作。不但如此，吾等今日之努力，其目的正欲去暴除害，使天下重归于太平，而人人皆得欣赏和平幸福之作品也。

香港画展自序[1]

我到香港开画展的动机,远在去春。那时有一位住在香港的朋友,写信到杭州来,劝我寄些画到香港,他替我主办画展。那时我正忙,没有作品可寄;又想,我自己不到,订画的人要题上款,不便寄到杭州来补题,对不起要求上款的订画人。有的书画家,不肯题上款,因为与对方并不相识,称他"先生""仁兄",有点唐突。

---

[1] 载1949年4月15日香港《星岛日报》。

道理也是对的。但我的想法与他们不同。我以为画展虽然是卖画的,但这种买卖与别的商品性质不同。买画的人,是爱好你的画,要你同他结个翰墨因缘,同时是送点钱与你,作为报酬或答礼的。据我过去在各地开多次画展的经验,凡订购我的画的,大都是真心爱好我的艺术的人,就差一点儿没有见过面。倘使见面,一定都是我的友人。所以我乐愿为他们题上款,结翰墨因缘。这一点我看得很重,所以我回复我的朋友说:"我将来带了作品,亲自到香港来开画展。"但这话一直没有兑现。最近我游台湾,又游闽南,离香港近了。箧中正好有些在台北时所作的画稿。想起了对那朋友的前约,就到了香港,而且决定十五、十六日在圣约翰教堂开两天画展。

为什么我相信订购我的画的人大都是我的友人呢?因为我的画,不是中国画,也不是西洋画,而是我自己杜造出来的一种尝试的画风。我本来是学西洋画的。后来,我爱好中国画的线条与色彩的"单纯明快"的表现,就用西洋画的理法来作中国画的表现。

最初自娱而已，不敢拿出去给人看。后来被人看到了。许多人在惊讶之余，对我的画表示爱好，向我索画。索画的人渐渐多起来。我这奇怪的画就"自成一家"。别人都称之为"子恺漫画"。二十余年来，国内有许多学习我这种奇怪的画的人。但学了一会儿，大都废止。废止的原因，据说是学不到我的线条及画上的题句。结果，在现今中国，画这种画的人，依然只有我一个。这样孤独的、奇怪的、不中不西的画，居然有人要订要购；这订购人一定是偏好我的作风，有"嗜痂"之癖的人。换言之，这人一定是我的艺术的共鸣者、知音者。所以我相信订购我的画的人，大都是我的未曾见过面的友人。过去我在大后方及江南各地开过许多次画展，事实告诉我这话不错。我每次开画展，必然得到许多新朋友，一直通信访问，到现在都已变成老朋友了。

既然是友人，订画要钱，岂非太不客气？这里我想起了叶恭绰老先生的话。前天为了《护生画集》，我去访问这位老先生，他与我的谈话中有一句说："希望文人及艺术工作者能由国家来赡养。"我赞善之后，在心中苦笑。我们过去的政府，对文人与艺术家，但得不妨碍，不压迫，不摧残，我们已经要谢天谢地了，哪里敢希望"赡养"？所以文人与艺术家不得不收稿费、取画润来维持自己的生活。这原是现代社会一件不合理的事。我抱着与叶老先生同样的希望。文艺家生活倘有保障，不但可以避免卖稿卖画这些不合理的事，其文艺的工作也可获得更正当的进步与更理想的效果。这只有希望于未来了。

《星岛日报》为我出特刊，要我自己写一篇序。略书所感如上。

一九四九年四月十二日于香港

鲁迅先生与美术[1]

记得抗战前某年某日,我同陶元庆君去访鲁迅先生,时间是上午十时后,他还躺在床里,拥着被和我们谈话。我记得他说:"人家说我动笔就骂人,我躺着不动笔,让他们舒服些罢!"我们都苦笑,辞出的时候,陶君对我说:"还是让他躺着,可以多想出些文章来。"

的确,鲁迅先生对恶劣的环境的战斗是最勇敢的。

---

[1] 载1949年10月19日《文汇报》。

所以别人说他"动笔就骂人"。我最近读他的遗著,一方面觉得感佩,一方面又觉得可惜。我想,假使鲁迅先生再寿长一点,眼见中国解放,恶劣环境消灭,他将何等地高兴、何等地欢欣!而他的笔将不再"动笔就骂人",一定能给新中国的人民以更多的宝贵教训和指导了。佛经有斥妄和显正之别,鲁迅先生的短文中,斥妄的多,显正的少,是恶劣环境所迫成。我觉得这是一种遗憾。

但在美术方面,这种遗憾较少。他提倡木刻,介绍新艺术论,不遗余力,对于新时代美术,他早已做了不少显正的领导的功夫了。记得我那天去访他,是为了厨川白村的《苦闷的象征》的事。我因为不知道他在翻译这书,我也翻译了,而且两译本同时出版(我的在商务印书馆出版,他的大约是在北新书局)。出版以后,我才知道。倘早知鲁迅先生在翻译,我就作罢了。因为他的理解力和文笔都胜于我,我又何必多此一举呢?那天我去访,就是说明这点意思。但他毫不介意,对我说:"这有什么关系,在日本,一册书有五六种译本不算多呢。"接着，对我和陶君大谈中国美术界的沉寂、贫乏与幼稚，希望我们多做一点提倡新艺术的工作。我知道他幼时是很爱画的，曾经抄印《西游记》和《荡寇志》的全部绣像，后来为了要钱用，卖给一个同学。能卖钱，可想而知画得很好，如果鲁迅先生肯分一部分写文的时间来作画，我们现在一定还可得到许多模范的美术作品。可惜他没有这余暇，但他的艺术论旨——艺术与产业合一，理性与感情合一，真善美合一，现实的理想的必要……已足够为今日美术界的领导者了。

一九四九年十月十五日于上海

假辫子[1]

——答《漫画阿Q正传》读者

抗战开始前数月,我画了一册《漫画阿Q正传》。正在刊印,战争开始,我逃到大后方,此画原稿在上海南市的印刷店内被毁。我在大后方重画一遍,遥寄上海开明书店,在孤岛上海出版;在大后方也有土纸印的本子流行。我住在遵义的时候,《贵州日报》上有一天登出一篇关于此书的批评。前面是称赞我画得好;

---

[1] 载1947年6月10日、11日《申报·自由谈》。

后面说，不过有一点错误，就是第十二图正在用哭丧棒打阿Q的假洋鬼子多了一条辫子。评者说假洋鬼子的辫子明明是在留东的时候早已剪了的；为此，他的老婆跳了三回井。为什么这第十二图中给他画了一条辫子呢？末了很客气，他说这小小的笔误，本来无关大体，只因爱护我的画，所以提出来说，希望这画册尽善尽美云云。

我一看这评文，就知道他评错了。因为我作画时把鲁迅先生的原文读过多遍，很熟悉。我记得假洋鬼子回国后是装一条假辫子的，所以我的画并没有画错。只是画里的辫子看不出真假，因此引起误会。鲁迅先生原文里说："阿Q尤其'深恶而痛绝之'的，是他的一条假辫子。辫子而至于假，就是没了做人的资格；他的老婆不跳第四回井,也不是好女人。"（见第三章"续优胜记略"）我就写一篇答辩，也登在《贵州日报》上。末了说，"我没有把装假辫子的一段文字摘录在画旁，因此引起读者误会，也是难怪的"云云。

昨天，开明书店徐调孚兄转来一封信，是同样的批评。我想战时的《贵州日报》是不普遍的,这画集的读者中,这样误解的人也许还有,因此我又写这一篇登在《申报》上,免得再有人误会。

误会的原因,固然是读者没有细读鲁迅先生的原文,而我没有把假辫子一段摘录画旁。但今天我又想起另外一个重要原因:读者大都是未满三十六岁的人,即生在民国时代的人,根本没有亲见过"假辫子"这件东西。所以即使细读原文,看见过上述这一段文字,也马马虎虎读过,留下的印象不深,便容易忘记。这真是"难怪"的。

我是十五岁的时候剪辫子的,我看见过假辫子。在四十岁以下的人(四十岁以上的人看见,一定忘记了)面前,我可以吹一吹牛。这是用假发做的一条辫子,缀在帽子的后面,连帽戴上,看不出真假。但切不可脱帽。装假辫子的人,有两种:一种是从外国回来的人,一种是被人捉奸把辫子剪去的人。假洋鬼子便是属于第一种的。我小时候,我乡这两种人都有。属于第一种的,是小学里的俞先生。他是从外乡请来教英文及唱歌的。他曾经留学日本，把辫子剪去。回国后在街上走路，人们都要指点嘲笑，背后常有人喊"偷老婆的！"他因此装了一条假辫子，以免麻烦。那时候吾乡初有"香洋肥皂"，人们把它装在袋里，挂在襟上，当作香牌。而俞先生竟用香洋肥皂洗脚。此事盛传全镇，大家认为此人"没淘剩"，其辫子多分是偷老婆而被剪，不见得是留学而剪脱的，果然不久他就不容于石门湾，打打铺盖，拖着假辫子回外乡去。

属于第二种的，是烂污阿二。他是我乡一个流氓，其名字由"撒烂污"一语得来，其人可想而知。烂污阿二同一个有夫之妇䴗妍头。女人被丈夫痛打，自己寻死，丈夫和地方上的人把烂污阿二捉来，把他和死尸两人脱光衣裳，用索子捆在一起，关闭在一间空屋里。这正是炎夏天气。关了三天放出来时，烂污阿二没有死，但浑身是烂肉和蛆虫，又少了一条辫子。

烂污阿二为了有碍观瞻，装一条假辫子。他夏天也戴帽子。另有个叫作钟庆和的，也是流氓，故与烂污阿二要好。两人常常戏耍。烂污阿二看见钟庆和，当众高声向他招呼:"庆和吃过了吗?"但说时鼻子闭紧,把"庆和"二字读作"吃污",全句就变成:"吃污(吾乡称屎曰"污")吃过了吗?"众人大笑。庆和受了这嘲弄,不作一声,飞奔过去揭他的帽子,连假辫子一起揭下。众人又大笑。庆和要把帽子连辫子抛到屋上,烂污阿二跪下来讨饶,一幕戏方始演毕。——这很像是鲁迅先生《阿Q正传》里的材料。现在因了答辩假辫子问题,使我得重温儿时的旧梦。

卅六年六月五日于杭州作

费新我《草原图》读后感[1]

费新我兄远游内蒙古,回来后不久,带了一幅《草原图》长卷来给我看。这手卷长凡五丈,他把此次旅行写生中所见的内蒙古人民生活及漠北风景巧妙配合,演成这五丈长的手卷。我从头至尾看了一遍,仿佛身历其境,眼界为之一新。古人有"卧游"之说,我现在正是"坐游"内蒙古。我"游"毕之后立刻想起了

---

[1] 载1957年6月18日《人民日报》。

斛律金的《敕勒歌》：

"敕勒川，阴山下。天似穹庐，笼盖四野。天苍苍，野茫茫。风吹草低见牛羊。"我就把"天苍苍"以下三句题在这长卷的末端了。我幼时读这古歌时，只是想象漠北旷野的光景而已。今天在这《草原图》中看到了实景的写生，觉得这诗句真是名文，而新我兄这画图真能传神！不然，怎么会使我看了画立刻想起幼时所读的诗句来呢？

长卷这种绘画格式，恐怕是我们中国所特有的吧。西洋有panograma[①]，意思是"一览图""全景"。但我们的长卷似乎又和panograma不同，艺术趣味更加丰富。我以前看见过古人的《长江万里图》和《清明上河图》，现在看见了这位现代画家的《草原图》，觉得我国这个美术优良传统毕竟还保存着。我读了新我兄这幅《草原图》，仿佛看到了内蒙古的《清明上河图》。

新我兄的笔法自有他独得的特色：线条遒劲，用笔

---

① 此处应为"panorama"。

单纯明快。他的线条像书法，他的用笔像速写。这也可说是我们中国美术的优良传统之一。仔细吟味，其中显然含有西洋风成分；然而这西洋风并不破坏中国格调，却反而相得益彰，使这幅《草原图》表示了新时代中国画的倾向。

我个人对这幅《草原图》更有一种可亲的感觉。因为三四年前我曾经和青西及丰一吟三人根据俄文本合译蒙古作家所著的《蒙古短篇小说集》。本来蒙古人民共和国与内蒙古自治区有许多相同的地方，我没有到过内蒙古，更没有到过蒙古，翻译的时候但凭作者的文字描写而想象漠北风光，常常觉得是一种缺憾。现在看了这幅内蒙古《草原图》，仿佛得到证实，"啊，原来如此！"那短篇小说中有这样的描写：

"……眺望远山的淡淡的轮廓，篷帐中发出的烟气，放牧的羊群、马群，缓步跟随羊群的骑马牧人，或者全速力奔驰而把轮索投到马群中被注目的马的项颈上去的骑马牧人。……"（第59页）

"……光秃的断崖。它的白皑皑的山岭耸入青空，而山麓隐没在草原的烟雾里面。崖石嶙峋的斜面曝露在灼热的太阳底下,热得连手都不能碰。几乎没有植物,只是在峡谷里和北面的斜坡上可能找到一些矮草。这个地方车子简直无法通过。因此住在这一带的游牧者没有车辆。一切笨重的物件都由牲畜来驮运。……"(第80页)

"青的水,绿的草,白的石头——这一切构成了美丽的图案,可以用来点缀在节日穿的服装上面。"(第81页)

诸如此类的文字描写,现在都被《草原图》的造形表现所证实了。我想:如果我能够早点看到这《草原图》,也许我的译笔还要生动些。

一九五七年五月于上海

第四辑

端阳忆旧

回忆李叔同先生[1]

距今七十六年前,即清光绪六年,公历一八八○年,阴历九月二十日,天津河东地藏前姓李的人家诞生了一位大艺术家。他首先把西洋艺术介绍到中国来,在中国美术史、音乐史、戏剧史上都开辟了一个新纪元。

这位大艺术家姓李,名叔同,字息霜。他的父亲名筱楼,是从事银钱业的。他出生的时候,父亲已经

---

[1] 载1956年10月6日《天津日报》。

六十八岁，母亲是侧室，还只二十多岁。这个老父和少母所生的孩子，头脑异常聪明，具有文学、绘画、书法、金石、音乐、戏剧等各方面的天才。他弱冠时陪了母亲从天津迁居上海（那时他的父亲早已逝世），就在那时上海（南社，沪学会时代）的文坛上显露头角，应征的文章总是名列第一。不久他的母亲在沪逝世，他就游学日本，入东京上野美术学校西洋画科，一方面研究钢琴音乐和作曲，另一方面又在东京创办一个话剧团，叫作春柳剧社。他自己担任演员，曾经扮演《黑奴吁天录》中的爱美柳夫人及《茶花女遗事》中的茶花女。关于春柳剧社的情况，现在北京的欧阳予倩先生详细知道。

李先生回国以后，先在他的故乡天津担任天津工业专门学校教师。后来重到上海，担任《太平洋报》的文艺编辑，主编该报的副刊《太平洋画报》；同时又与柳亚子先生等创办"文美会"，主编《文美杂志》。这期间的情况，现在北京的柳亚子先生一定知道得更多。后来，李先生脱离了编辑界，担任杭州浙江两级师范学校的美术、音乐教师；后来又兼任南京高等师范的美术、音乐教师。这时候他家在上海，家里只有一位日本夫人。他自己两个星期在南京，两个星期在杭州，上海的家就像旅途息足的长亭。我就是他的杭州师范的学生。我看到他的时候，他已经由翩翩的艺术家一变而为朴素的教师。他已经不穿洋装，而穿灰色粗布袍子和黑布马褂；已经不戴金丝边眼镜，而戴钢丝边眼镜。身边只有一只金表，还是当美术家、音乐家、演剧家、文学家时代的旧物，常常躺在音乐教室中的钢琴头上发出闪烁的光彩，仿佛向我们报道这位严肃的音乐教师过去在艺术上的辉煌成就。他真是一位严肃的教师：教课非常热心，对学生的美术、音乐修养的要求甚高。因此，南京高师和浙江师范两校曾经造就不少的艺术人才，后来这些人在全国各处宣扬艺术文化。

李先生全心全意地当了六七年美术、音乐教师之后，在三十九岁上，到西湖虎跑寺去做了和尚，法名演音，号弘一。于是李先生一变而为弘一法师。弘一法师最初修净土宗，后来转入佛教中最坚苦的律宗。

起初他在虎跑寺修持，后来云游各地，足迹大都在浙南和闽南等处。他自从出家之后，就屏除"声色"（指音乐、美术等），一心念佛，直到六十二岁（一九四二年）阴历九月初四日在泉州圆寂为止。在这二十多年的僧腊期间，弘一法师飞锡芒鞋，三衣一钵，完全是一个苦行头陀。看到他的人，谁也不能相信这双手曾经挥油画笔、弹披亚娜①，谁也不能相信这个腰曾经给束小了扮茶花女。然而过去的艺术心和美欲终于没有完全熄灭，常常在他所写的佛号或经文中透露出来。这些佛号和经文，笔致非常秀雅，行间布局非常匀称，简直每一幅都是一件精良的艺术品。这些艺术品流传于世的很多，识者都懂得珍藏。绘画美、音乐美、文学美和戏剧美，仿佛综合起来，经过了一番锤炼，结晶化在这些书法中了！

欧化东渐的时候，第一个出国去学习西洋绘画、西洋音乐和戏剧的，是李叔同先生；第一个把油画、钢

---

① 英文 piano 的音译，意即钢琴。

琴音乐和话剧介绍到中国来的，是李叔同先生。李先生的油画宗米叶(Millet)一派，略带印象派色调；他所作的乐曲旋律优美，歌词典雅，正如他在《音乐序》中所说："陶冶性情，感精神之粹美。"可惜他的油画作品和音乐作品都不很多，加之当时印刷术幼稚，艺术空气稀薄，所以流传不广，一经散失，就少有人知道。他从事演剧的时间不长，只限于在东京的时候，回国后就不再粉墨登台。然而他的演剧才能是极丰富的。当时日本的《芝居杂志》（即《戏剧杂志》）上曾经有一个叫作松居松翁的日本人写一篇文章，其中有这样的话："中国的俳优，使我佩服的，便是李叔同君。当他在日本时，虽仅仅是一位留学生，但他所组织的'春柳社'剧团，在乐座上演'椿姬'（即茶花女——丰注）一剧，实在非常好，不，与其说这个剧团好，宁可说就是这位饰椿姬的李君演得非常好。……李君的优美婉丽，绝非日本的俳优所能比拟。"（见林子青编《弘一大师年谱》第三十至三十一页）春柳剧社是中国话剧的始基。当时《上海市通志馆期刊》第二年第三期上曾经登载一篇《春柳剧场开幕宣言》。宣言中说："民国三年四月十五日，春柳剧场假南京路外滩口谋得利开幕。……溯自乙巳丙午间，曾存吴、李叔同、谢抗白、李涛痕等，留学扶桑，慨祖国文艺之堕落，亟思有以振之；顾数人之精力有限，而文艺之类别蘩繁，兼营并失，不如一志而冀有功。于是春柳社遂出现于日本之东京，是为我国人研究新戏之始，前此未尝有也。未几，徐淮告灾，消息至海外，同人演巴黎茶花女遗事，集赀赈之，日人惊为创举，啧啧称道，新闻纸亦多谀词。是年夏，休业多暇，相与讨论进行之法，推李叔同、曾存吴主社事，得欧阳予倩等为社员。次年春，春阳社发现于上海，同人庆祖国响应有人，益不敢自菲薄，谋所以扩大之。"（见《弘一大师年谱》第三十一至三十二页）由此可知，李叔同先生从事演剧的时间虽然不长，但他在中国话剧创行上的贡献却是很大。饮水思源，我们的文艺界怎能不纪念李叔同先生呢？

　　李叔同先生逝世后，不，弘一法师圆寂后，他的灵骨搁在西湖上的虎跑寺里，十年不得埋葬。前年，一九五四年,我和叶圣陶、章雪村、钱君匋诸君各舍净财,替他埋葬在虎跑寺后面的山坡上,并且在上面建立了一座石塔,在杭州总算略微有了一点纪念的表示。我希望李先生诞生地的天津也有一点纪念的表示,这是天津的光荣!

怀太虚法师[1]

我和太虚法师是小同乡,同是浙江崇德县人。但我们相见很晚,是卅二三年间在重庆的长安寺里第一次会面的。一见之后,我很亲近他,因为他虽然幼小离乡,而嘴上操着一口崇德土白,和我谈话,很是入木。我每次入城,必然去长安寺望望他。那时我常常感到未见面时的太虚法师与见面后的太虚法师,竟判若两人。

---

[1] 载 1947 年 5 月 16 日《申报·自由谈》。

未见面之前，我听别人的传说，甚是惊奇。有人说他是交际和尚，又有人说他是官僚和尚，还有人说他是出风头和尚。我不相信，亲去访问他。一见之后，果然证明了外间的传说都是误解。他是正信、慈悲而又勇猛精进的、真正的和尚。我这话绝不是随便说的。正信者，他对佛法有很正确的认识与信仰。慈悲者，他的态度中绝无贪嗔痴的痕迹。勇猛精进者，他对弘法事业有很大的热心。真正的和尚者，正信、慈悲、勇猛精进之外，又恪守僧戒，数十年如一日，俱足比丘的资格。我每次访问他之后，走出长安寺，下坡的时候，心中叹羡不置。我诧异："崇德怎么会出这样的一个人？"

外间对他的误解，实在是他的对世间的勇猛精进所招来的。凡对于佛法、佛教、寺院、僧人有利的事业，他都关心，不避艰难，不怕麻烦，他都要尽心竭力去计划、维持或发起。凡和社会发生关系，总难免有招摇、议论或谣诼。太虚法师受一部分人的误解，全是他的护法的热心所招来的。但他对这些误解，绝不关心，始终勇猛精进,直到圆寂。

　　我在重庆与太虚法师最后的会面,是复员前几天在紫竹林素菜馆。那天我请客,邀在家出家的七八位好友叙晤,作为对重庆的惜别。我不能忘记的,是我几乎教他开了酒戒。紫竹林的酒杯与茶杯是同样的。酒壶也就用茶壶。席上在家人都喝酒,而出家之中也有一二人喝酒。我不知道太虚法师喝不喝酒,敬他一杯,看他是否同弘伞法师一样谢绝。大约他那时正和邻席的人谈得热心,没有注意我的敬酒,并不谢绝。我心中纳罕:"太虚法师不戒酒的!"既而献樽,太虚法师端起杯子,尽量吸一口,连忙吐出,微笑地说道:"原来是酒,我当是茶。"满座大笑起来。我倒觉得十分抱歉,我有侮蔑这位老法师的罪过。倘换了印光法师,我说不定要大受呵斥。但太虚法师微笑置之而已。太虚法师已经不在人间了,这点抱歉还存在我的心头。我只有祝他往生极乐,早证菩提。

卅六年五月九日于杭州

端阳忆旧[1]

我写民间生活的漫画中,门上往往有一个王字。读者都不解其意。有的以为这门里的人家姓王。我在重庆的画展中,有人重订一幅这类的画,特别关照会场司订件的人,说:"请他画时在门上改写一个李字。因为我姓李。"这买画人把画当作自己家里看,其欣赏态度可谓特殊之极!而我的在门上写王字,也可说是悖事之至!

---

[1] 载1947年6月23日《申报·自由谈》。

因为这门上的王字原是端午日正午用雄黄酒写上的。我幼时看见我乡家家户户如此,所以我画如此。岂知这办法只限于某一地带;又只限于我幼时,现在大家懒得行古之道了。许多读者不懂这王字的意思,也是难怪的。

  我幼时,即四十余年前,我乡端午节过得很隆重:我的大姊一月前头就制"老虎头",预备这一天给自家及亲戚家的儿童佩戴。染坊店里的伙计祁官,端午的早晨忙于制造蒲剑:向野塘采许多蒲叶来,选取最像宝剑的叶,加以剑柄,预备正午时和桃叶一并挂在每个人的床上。我的母亲呢,忙于"打蚊烟"和捉蜘蛛:向药店买一大包苍术、白芷来,放在火炉里,教它发出香气,拿到每间房屋里去熏。同时,买许多鸡蛋来,在每个的顶上敲一个小洞,放进一只蜘蛛去,用纸把洞封好,把蛋放在打蚊烟的火炉里煨。煨熟了,打开蛋来,取去蜘蛛的尸体,把蛋给孩子们吃。到了正午,又把一包雄黄放在一大碗绍兴酒里,调匀了,叫祁官拿到每间屋的角落里去,用口来喷。喷剩的浓雄黄,用指蘸了,在每一扇门上写王字,又在每个孩子的额上写王字,又用指捞一点来塞在每个孩子的肚脐眼里。据说，老虎头、桃叶、蒲剑可以驱邪；蜘蛛煨蛋可以祛病；苍术、白芷和雄黄可以驱除毒虫及毒气。至于门上的王字呢，据说是消毒药的储蓄。日后如有人被蜈蚣、毒蛇等咬了，可向门上去捞取一点端午日午时所制的良药来，敷于患处，即可消毒止痛云。

世相无常，现在这种古道已经不可多见，端阳的面目全非昔比了。我独记惦门上这个王字，并非要当作DDT（杀虫剂）用，却是为了画中的门上的点缀。光裸裸地画一扇门，怪单调的；在门上画点东西呢，像是门牌，又不好看。唯有这个王字，既有装饰的效果，又有端阳的回想与纪念的意味。从前日本废除纸伞而流行"蝙蝠伞"（就是布制的洋伞）的时候，日本的画家大为惋惜。因为在直线形过多的市街风景中，圆线的纸伞大有对比作用，有时一幅市街风景画全靠一顶纸伞而生色，而蝙蝠伞的对比效果，是远不及纸伞的。现在我的心情，正与当时的日本画家相似。用实利的眼光看，这事近于削足适履。这原是"艺术的非人情"。

还乡记[1]

流亡十年,果然有一天,我的脚踏到了上海的土地上。我从京沪火车上跨到月台上时,第一脚特别踏得重些,好同它握手。北站除电车轨道照旧之外,其余的都已不可复识了。

我率眷投奔朋友家。预先函洽的一个楼面,空着等我们去息足。息了几天,我们就搭沪杭火车,在长安

---

[1] 载1947年6月24日《天津民国日报》。

站下车，坐小舟到石门湾去探望故里。

我的故乡石门湾，位于运河旁边。运河北通嘉兴，南达杭州，在这里打一个弯儿，因此地名石门湾。石门湾属于石门县（即崇德县），其繁盛却在县城之上。抗战前，这地方船舶麋集，商贾辐辏。每日上午，你如果想通过最热闹的寺弄，必须与人摩肩接踵，又难免被人踏脱鞋子。因此石门湾有一句专用的俗语形容拥挤，叫作"同寺弄里一样"。

当我的小舟停泊到石门湾南皋桥堍的埠头上的时候，我举头一望，疑心是弄错了地方。因为这全非石门湾，竟是另一地方。只除运河的湾没有变直，其他一切都改样了。这是我呱呱坠地的地方。但我十年归来，第一脚踏上故乡的土地的时候，感觉并不比上海亲切。因为十年以来，它不断地装着旧时的姿态而入我的客梦；而如今我所踏到的，并不是客梦中所惯见的故乡！

我沿着运河走向寺弄。沿路都是草棚、废墟，以及许多不相识的人。他们都用惊奇的眼光对我看，我觉得自己好像伊尔文 *Sketch Book*（《见闻杂记》）中的

Rip Van Winkle[①]。我感情兴奋,旁若无人地与家人谈话:"这里就是杨家米店。""这里大约是殷家弄了!""喏喏喏,那石埠头还存在!"旁边不相识的人,看见我们这一群陌生客操着道地的石门湾土白谈话,更显得惊奇起来。其中有几位父老,向我们注视了一会儿,和旁人窃窃私语,于是注目我们的更多,我从耳朵背后隐约听见低低的说话声:"丰子恺。""丰子恺回来了。"但我走到了寺弄口,竟无一个认识的人。因为这些人在十年前大都是孩子或少年,现在都已变成成人,代替了他们的父亲。我若要认识他们,只有问他们的父亲叫什么了。"儿童相见不相识,笑问客从何处来",这两句诗从前是读读而已,想不到自己会做诗中的主角了!

"石门湾的南京路"[②]的寺弄,也尽是草棚。那个寺——接待寺,已经全部不见。只凭寺前的几块石板,

---

① Rip Van Winkle,即瑞普·凡·温克尔,美国作家华盛顿·欧文《见闻杂记》中《瑞普·凡·温克尔》一文的主人公。
② "石门湾的南京路",南京路是上海最热闹的一条路,这里是借喻。

可以追忆昔日的繁荣。在寺前,忽然有人招呼我。一看,一位白须老翁,我认识是张兰墀。他是当地一大米店的老主人,在我的缘缘堂建筑之先,他也造了一所房子。如今米店早已化为乌有,房子深藏在内面,幸而至今还在。他老人家抗战至今,十年来并未离开故乡,只是在附近东躲西避,苟全性命。石门湾是游击区,房屋十分之八九变成焦土,住民大半流离死亡。像这老人,能保留一所劫余的房屋和一掬健康的白胡须,而与我重相见面,实在难得之至,这可说是石门湾的骄子了。这石门湾的骄子定要拉我去吃夜饭。我尚未凭吊缘缘堂废墟,约他次日再见。

从寺弄转进下西弄,也尽是茅屋或废墟,但凭方向与距离,走到了我家染坊店旁的木场桥。这原来是石桥。我生长在桥边,每块石板的形状和色彩我都熟悉。但如今已变成平平的木桥,上有木栏,好像公路上的小桥。桥下一片荒草地,染坊店与缘缘堂不知去向了。根据河边石岸上一块突出的石头,我确定了染坊店墙界。这石岸上原来筑着晒布用的很高的木架子。染坊司务站在这块突出的石头上,用长竹竿把蓝布排到架上去晒的。我做儿童时,这块石头是我们儿童的用武之地。只有隔壁豆腐店里的王团团,身体好,胆量大,敢站到这石头上,而且做个"金鸡独立"。我是不敢站上去的。有一次我央另一个人拉住了手,上去站了一回,下临河水,胆战心惊。终被店里的人看见,叫我回来,并且告诉母亲,母亲警诫我以后不准再站。如今百事皆非,而这块石头依然无改。这一带地方的盛衰沧桑,染坊店缘缘堂的兴废,以及我童年时的事,这块石头——亲眼看到,所知最详。我很想请他讲一点给我听,用脚去踢他。他动也不动,毫无表示。

只有一排墙脚石,肯指示我缘缘堂所在之处。我由墙脚石按距离推测,在荒草地上约认定了我的书斋的地址。一株野生树木,立在我的书桌的地方,比我的身体高到一倍。许多荆棘,生在书斋的窗的地方。这里曾有十扇长窗,四十块玻璃。石门湾沦陷前几日,日本兵在金山卫登陆,用两架飞机来炸十八里外的石门县,这十扇玻璃窗都震怒,发出铿锵的叫声。接着就来炸石门湾,一个炸弹落在书斋窗外五丈的地方,这些窗大发咆哮,终于把日本飞机赶走,我躲在窗内,幸免于难。这些回忆,在这时候一一浮出脑际。我再请墙脚石引导,探寻我们的灶间地址。约略找到了,但见一片荒草地,草长过膝。抗战后一年,民国二十七年(一九三八),我在桂林得到我的老姑母的信,说缘缘堂虽毁,烟囱还是屹立。这是烟火不断之象。老人对后辈的慰藉与祈愿,使我诚心感动。如今烟囱已不知去向,而我家的烟火的确不断。我带了六个孩子(二男四女)逃出去,带回来时变了六个成人,又添了一个八岁的抗战儿子。倘使缘缘堂存在,他当日放出六个小的,今朝收进六个大的,又加一个小的作利息,这笔生意着实不错;他应该大开正门,欢迎我们这一群人的归来。可惜他和老姑母一样作古,如今只剩一片蔓草荒烟,只能招待我们站立片时而已。大儿华瞻,想找一点缘缘堂的遗物,带到北平去作纪念。寻来寻去,只有蔓草荒烟,遗物而不可得。后来用器物发掘草地,在尺来深的地方,掘得了一块焦木头。依地点推测,大约是门槛或堂窗的遗骸。他鬌龄的时候，曾同他们共数晨夕。如今他收拾他们的残骸，藏在火柴匣里，带他们到北平去，也算是不忘旧交，对得起故人了。

这一晚我们到一个家族人家去投宿。他们买无量的酒来慰劳我，我痛饮千钟酣然入睡，梦也不做一个。次日就离开这销魂的地方，到杭州去觅我的新巢了。

三十六年五月十日于杭州作

宴会之苦[①]

复员返杭后数月,杭州报纸上给我起了一个诨名,叫作"三不先生"。那记者说,我在战前是"三湾先生",因为住过石门湾、江湾、杨柳湾(嘉兴);胜利后变了"三不先生",因为不教书、不讲演、不宴会。(见卅六年五月某日《正报》)

"三不先生"这诨名,字面上倒也很雅致,好比欧

---

① 载1947年7月1日《论语》第132期"吃的专号"。

阳修的六一居士之类。但实际上很苦,绝不如欧阳修的"书一万卷,金石一千卷,琴一张,棋一局,酒一壶,人一个"的风雅。我的不教书、不讲演,实在是为了流亡十年之后,身体不好,学殖荒芜,不得已而如此。或有人以为我已发国难财或胜利财,看不起薪水,所以不屑教书,那更不然。我有子女七人,四人已经独立,我的担负较轻;而版税画润所入,暂时足以维持简朴的生活,不必再用薪水,所以暂不教书,这是真的。至于不宴会,我实在是生怕宴会之苦。希望我今生永不参加宴会。

宴会,不知是谁发明的,最不合理的一种恶剧!突然要集许多各不相称的人,在指定的地方,于指定的时间,大家一同喝酒,吃饭,而且抗礼或谈判。这比上课讲演更吃力,比出庭对簿更凶!我过去参加过多次,痛定思痛,苦况历历在目。

接到了请帖,先要记到时日与地点,写在日历上,或把请帖揭在座右,以防忘记。到了那一天早晨,我心上就有一件事,好比是有一小时教课,而且是最不欢喜教的课。好比是欠了人钱,而且是最大的一笔债。若是午宴,这上午就忐忑不安;若是夜宴,这整日就瘟头瘟脑,不能安心做事了。到了时刻,我往往准时到场。并非厉行新生活,却是俗语所说,"横竖要死,早点爬进棺材里"。可是这一准时,就把苦延长了。我最初只见主人,贵客们都没有到。主人要我坐着,遥遥无期地等候。吃了许多茶、许多烟,吃得舌敝唇焦,饥肠辘辘,贵客们方始陆续降临。每来一次,要我站起来迎迓一次,握手一次,寒暄一次。他们的手有的冰冷,有的潮湿,有的肉麻,还有用力很大,捏得我手痛。他们的寒暄各人各样,意想不到。我好比受许多试官轮流口试,答话非常吃力。最吃力的,还是硬记各人的姓。主人介绍"这是王先生"的时候,我精神十分紧张,用尽平生的辨别力和记忆力,把"王"字和这脸孔努力设法联系。否则后来忘记了,不便再问"你到底姓啥",若不再问,而用"哈,哈","你,你",又觉得失敬。这种时候,我希望每人额上用毛笔写一个字。姓王的就像老虎一样写一王字。这便可省却许多脑力。一桌十二三人之中,往往有大半是生客。一时要把八九个姓和八九张脸孔设法联系,实在是很伤脑筋的一件苦工!我在广西时,这一点苦头吃得少些。因为他们左襟上大都挂一个徽章,上面写出姓名。忘记了的时候,只要假装同他亲昵,走近去用眼梢一瞥,又记得了。但入席之后,围坐在大圆桌的四周的时候,此法又行不通,因为字太小了。若是忘记对座的人的姓,距离大圆桌的直径,望去看不清楚,又不便离席,绕道到对面去检阅襟章。若是忘记了邻座的人的姓,距离虽近而方向不好,也不便弯转头去看他的胸部。故广西办法虽好,总不及额上写字的便利。

入席以后,恶剧的精彩节目来了。例如午宴,入席往往是下午两点钟,肚子饿得很了。但不得吃菜吃饭。先拿起杯来,站起身来,谢谢主人,喝一杯空肚酒,喝得头晕眼花。然后"请,请",大家吃菜。这在我是一件大苦事。因为我平生不曾吃过肉——猪肉、牛肉、羊肉。抗战前十年是吃净素的,逃难后开戒吃了鱼,但猪油烧的鱼仍不能下咽。因为我有一种生理的习惯,怕闻猪油及肉类的气味。这点，主人大都晓得，特为我备素菜。两三盆素菜，香菇竹笋之类，价格最高而我所最不欢喜吃的素菜，放在我的面前。"出力不讨好"这一念已经使我不快，何况各种各样的荤腥气味，时时来袭我的嗅觉。——这便是我个人因了特殊习惯而受的苦，不可算在"宴会之苦"的公账里。但我从旁参观其他的人吃菜的表演，设身处地，我相信他们也有种种苦难。圆桌很大，菜盆放在中央，十二三只手臂辐辏拢来，要各凭两根竹条去攫取一点自己所爱吃的东西来吃，实在需要最高的技术！有眼光，有腕力，看得清，夹得稳，方才能出手表演。这好比一种合演的戏法！"戏法人人会做，各有巧妙不同。"我看见有几个人，技术非常巧妙。譬如一盆虾仁，吃到过半以后，只剩盆面浅浅的一层。用瓢去取，虾仁不肯钻进瓢里，而被瓢推走，势将走出盆外。此时最好有外力帮助，从反方向来一股力，把虾仁推入瓢中。但在很客气的席上，自己不便另用一手去帮，叫别人来帮，更失了彬彬有礼的宴会的体统。于是只得运用巧妙的技术。大约是先下观察功夫，看定了哪处有一丘陵，就对准哪处，用迅雷不及掩耳之势，将瓢一攫。技术高明的，可以攫得半瓢；技术差的，也总有二三粒虾仁入瓢，缩回手去的时候不伤面子。因为此种表演，为环桌二十余只眼睛所共睹，而且有人替你捏两把汗。如果你技术不高明，空瓢缩回，岂不是在大庭广众之中，当场显丑呢！

我在宴会席上，往往呆坐，参观各人表演吃菜。我常常在心中惊疑：请人吃饭，为什么一定要取这种恶作剧的变戏法的方式呢？为什么数千年来没有人反对或提倡改革呢？至此我又发生了一个大疑问："食色性也。""饮食男女，人之大欲存也。"圣贤把这两件事体并称，足证它们在人生具有同等的性状与地位。何以人生把"色"隐秘起来，而把"食"公开呢？要隐秘，大家隐秘；要公开，大家公开！如果大家公开办不到，不如大家隐秘。因为这两件事，从其丑者而观之，两者都是丑态。吃饭一事，假如你是第一次看见，实在难看得很；张开嘴巴来，露出牙齿来，伸出舌头来，把猪猡的肾肠、鸡鸭的屁股之类的东西拼命地塞进去，结格结格地咀嚼，淋淋漓漓地馋涎。这实在是见人不得的事！何以大家非但不隐秘，又且公开表演呢？

"不以人废言"，我不忘记周作人的两句话："人是由动物'进化'的"，"人是由'动物'进化的"。前句强语气在"进化"二字，所以人"异于禽兽"；后句强语气在"动物"二字，所以人与动物一样有食欲性欲。这本来是无可讳言的。但在习惯上，其一过分地隐秘，甚至说也说不得；其二过分地公开，甚至当作礼节，称为"宴会"。这实在是我人生一大疑问。隔壁招贤寺里的弘伞法师，每天早晨吃一顿开水，正午吃一顿素饭。一天的饮食问题就解决。他到我家来闲谈的时候，不必敬烟，不必敬茶，纯粹地谈话。我每逢看到这位老和尚，常常作这样的感想：人是由"动物"进化的，"动物欲"当然应该满足；做和尚的只有一种"动物欲"，也当然要满足。但满足的方式越简单越好，越隐秘越好。因为这便是动物共通的下等欲望，不是进化的文明人的特色，所以不值得公开铺张的。做和尚的能把唯一的动物欲简单迅速地满足，而致全力于精神生活，这正是真的和尚，也正是最进化的人。和尚原作别论，不必详说。总之，两种"动物欲"的"下等"程度即使有高低之差，不能如我前文所说"要隐秘大家隐秘，要公开大家公开"，但饮食一事，不拘它下等得如何高尚，至少不值得大事铺张，公开表演。根据这理论，我反对宴会，嫌恶宴会。

"三不先生"的资格，我也许不能永久保有。但至少，不宴会的"一不先生"的资格，我是永远充分具备的。

卅六年五月卅一日于杭州作

新年忆旧年[1]

三十七年的元旦又到了。我忆起了三十六年在无锡度元旦的情景。那时我从重庆回上海不久。与江南阔别十年,好比旧雨重逢,倍觉兴奋。我冒了寒威,向京沪路巡礼一次。元旦那一天,我住在无锡公园对面的旅馆内,与公园隔湖相望。记得那一天朝晨,推窗一望,旭日当空,严霜满地;公园里红男绿女,已经来往幢幢,

---

[1] 载1948年1月1日《天津民国日报》。

活现地画出一幅江南春晓图。我很高兴,我很得意,我对我们的江南十分满足。那时只觉得有一点小小的不满,便是旅馆把便桶放在房间里卧榻之旁。这有些野蛮,远不及大后方的厕所的合理。

我走出房间,掏出六百元,在旅馆门口的摊上买了一包美丽牌香烟,就走向城里去看热闹。我走过功德林,在民教馆的门口,看见一位中年男人跪在地上,旁边站着一个六七岁的孩子,穿着单衣,向行人号啕大哭,涕泗满面。这在江南的晴明的元旦的晨光中,是何等唐突的不调和相!我掏出二千元来,放在孩子面前的地上,径自走向城里去了。在街上约莫走了一个钟头,看过了劫后江南的元旦的一面,循原路回转。走到老地方,看见那位男人依然跪在地上,旁边依然站着那个孩子,穿着单衣,向行人号啕大哭,涕泗满面。我看看手表,的确经过了两个钟头;而那孩子还是用同样的表情、同样的声调和同样的热情,向行人号啕大哭。他脸上的眼泪鼻涕与两小时前同样地淋漓纵横。我吃惊了。这回不再给钱,我站着看。旁边一位摆地摊的人也站着看。他看了一会儿，用轻蔑的口气自言自语地说："哭了两三个钟头了，真本事！"我对他一看，他又低声对我说道："那大人扭他的腿，强迫他哭的！啧！啧！"说罢便转向别处看。我也就离开，回旅馆去。我初见这孩子时，觉得可怜。为了他小小年纪没有温暖的家庭，而在元旦的早上跪在路上向人号哭求乞。我再见这孩子时，觉得更可怜了，无衣无食而向人求乞，还是寻常的可怜，被强迫继续号哭两小时，而以此为求食的手段，才真是特殊的可怜了！这孩子给我极深的印象。说起无锡，我首先想到这孩子。

三十六年十二月二十日于杭州西湖边

义 齿[1]

我行年五十,口中只剩十七枚牙齿,而且多半动摇了。但我胃口很好,还想在这世间吃些东西。于是找到一位当牙医师的读者易昭雪,请他把这十七枚没用的牙齿拔光,装了全口的假牙齿。"假"字我嫌不好听,就称它为"义齿"。自己没有儿子,养一个螟蛉子,这儿子称为"义子"。自己没有牙齿,装一副假牙齿,

---

[1] 载1948年4月2日《申报·自由谈》。

这牙齿当然也可以称为"义齿"。

易昭雪牙医师在十一天内拔光了我口中的十七颗牙齿。我一点也不觉得痛苦，就写一副四言联送他："技进于道，人造胜天。"上联已经证实了；下联是我的希望，尚未证实。过了一个月，我的牙肉收缩了，就去打模型，造义齿。元旦朝晨，我的义齿果然装上了，整齐洁白，非常美观。照照镜看，年纪轻了二十岁！

但是，口中很是难过。衔着两大块东西，好像是暂时的，常常想把它们吐出来。舌头往上一舔，不是自己的肉，而是一块石板，更不自然，说起话来呢，发音不清，好像舌头肿大了。尤其是吃些东西来，嚼不得紧，嚼紧了上下的牙肉非常之痛。比饭更硬的东西就嚼不动，都是生吞囫囵咽的。有时想练习，吃早粥时硬把一粒花生米交与右边的臼齿，忍痛用力一嚼，花生米没有碎，而左边的臼齿一齐翘起。翘起之后，口中的粥粒便走进了牙肉与义齿的中间，再嚼的时候痛得更凶。于是只得停止了吃粥，把义齿取下洗；又用水漱过口，然后再装上去。自从元旦装上之后，约莫一个月之内，我的义齿,只好看而不好用。其间隔一两天必访问易昭雪一次。因为牙肉常常作痛,请他修改义齿。这部分修过,果然不痛了;但到了明天,别的部分又作痛,于是再去请他修。自从开始拔牙,直到装上之后一个月,其间八九十天之内,我访问易昭雪不下数十次。我好比在易昭雪的学校里当了教师,隔一两天,坐黄包车去上一次课。从我家到易家,路上的风景、房屋、店铺,都被我看得烂熟。招牌上的字都记熟了。拐角上一家小户人家的两个孩子,一男一女,男的大约五岁,女的大约三岁,怪可爱的。我的车子每次从他们门前拉过,我必留意看这两个孩子。他们有时在玩耍;有时在吃番薯;有时小的在哭,大的在骂她;有时两人在打架……都很好看。记得有一次我修牙回来,大的一个不见了,只剩小的一个独坐在门槛上,噘起小嘴唇发愁。我很怀疑,很担心,想停车问问她:"你的哥哥哪里去了?""你为什么发愁?"又觉得这太唐突,太多事,太非人情,终于没有问。但这一天我始终怀疑,始终担心。直到第二次去修牙时,看见这两个孩子依旧在一起玩,方才放了心。现在，我的义齿早已得用，不需去修，久不访问易昭雪了，不知这两个孩子无恙否。颇想专诚去看一次。但这岂非更唐突，更多事，更非人情吗？不去也罢！

说话走入歧途太远了！赶快回来说我的义齿。说也奇怪，装上之后大约一个月，这义齿渐渐变好了。口中全然不觉难过，说话发音很正确，牙肉一点也不痛，东西什么都可嚼。总之，可以说同"亲齿"一样了。我仔细体味，变好的原因有两个：一者，牙肉被石板压了个把月，压得皮肤老了，抵抗力也强了。从前我有"亲齿"的时候，嚼东西由牙根用力抵抗，牙肉一向不负责的。所以牙肉很嫩，没有抵抗力，难怪它初装的时候吃不消重压而要作痛的。如今压惯了，嚼惯了，它知道此后要它出力，努力锻炼，居然也能成功，从此牙肉代理牙根的职务了。二者，我装义齿，好比一向用手指拿东西吃的原始人一朝用了筷子。起初拿筷的技术很笨拙，觉得用这两根竹棒来取食物，何等隔膜，何等不便！用手指直接去取，何等便利而痛快！

但你一定要他用筷,绝不许他用手指。经过训练之后,他居然也会用惯。到后来,用筷的技术大大进步,可以夹,可以拌,可以拉,可以挑,可以切,可以撕……同手指一样直接痛快、敏捷便利了。我装义齿,全同这原始人用筷子一样。初装的时候这边用力咀嚼时那边要翘起来;吃糯米团子时义齿要被粘脱;咬瓜子时上下齿对不准;食物的碎屑要钻进义齿与牙肉的中间去。……都是技术不高明之故。经过一个月训练之后,技术高明了,上述的缺憾完全没有了。易昭雪诊所里挂着我送他的四言联"技进于道,人造胜天"。以前我去修牙时,看到下联四个字很不舒服。我想,"人造"实在不能"胜天"!我夸奖了!我颂扬得太过分了!我用撒谎替他做广告,这是多么无聊而难为情的事啊!我着实后悔。但是,前天,我无端去访他,又看见这副四言联,我非常高兴。我没有夸奖他,我没有撒谎,我的希望果然实现了!前几天,开明书店的章雪村先生来和我共饮。谈起了这副联。他敏捷地替我再做一副:

义齿

易牙能知味

凿齿信多才

我为这天造地设的五言联，浮一大白。这比我的四言联高明得多，确切得多，巧妙得多。易昭雪不妨更名为易牙。他的诊所扩充的时候，我想再把这副五言联写了送他。

卅七年三月廿八日于西湖

湖畔夜饮[1]

前天晚上,四位来西湖游春的朋友,在我的湖畔小屋里饮酒。酒阑人散,皓月当空。湖水如镜,花影满堤。我送客出门,舍不得这湖上的春月,也向湖畔散步去了。柳荫下一条石凳,空着等我去坐。我就坐了,想起小时在学校里唱的《春月歌》:"春夜有明月,都作欢喜相。每当灯火中,团团清辉上。人月交相庆,花月并生光。

---

[1] 载1948年4月8日、9日《天津民国日报》。

有酒不得饮,举杯献高堂。"觉得这歌词温柔敦厚,可爱得很!又念现在的小学生,唱的歌粗浅俚鄙,没有福分唱这样的好歌,可惜得很!回味那歌的最后两句,觉得我高堂俱亡,虽有美酒,无处可献,又感伤得很!三个"得很"逼得我立起身来,缓步回家。不然,恐怕把老泪掉在湖堤上,要被月魄花灵笑了。

回进家门,家中人说,我送客出门之后,有一上海客人来访,其人名叫CT,住在葛岭饭店。家中人告诉他,我在湖畔看月,他就向湖畔去找我了。这是半小时以前的事,此刻时钟已指十时半。我想,CT找我不到,一定已经回旅馆去歇息了。当夜我就不去找他,管自睡觉了。第二天早晨,我到葛岭饭店去找他,他已经出门,茶役正在打扫他的房间。我留了一张名片,请他正午或晚上来我家共饮。正午,他没有来。晚上,他又没有来。料想他这上海人难得到杭州来,一见西湖,就整日寻花问柳,不回旅馆,没有看见我留在旅馆里的名片。我就独酌,照例倾尽一斤。

黄昏八点钟,我正在酩酊之余,CT来了。阔别十年,多经浩劫,他反而胖了,反而年轻了。他说我也还是老样子,不过头发白些。"十年离乱后,长大一相逢。问姓惊初见,称名忆旧容。"这诗句虽好,我们可以不唱,略略几句寒暄之后,我问他吃夜饭没有。他说,他是在湖滨吃了夜饭,——也饮一斤酒,——不回旅馆,一直来看我的。我留在他旅馆里的名片,他根本没有看到。我肚里的一斤酒,在这位青年时代共我在上海豪饮的老朋友面前,立刻消解得干干净净,清清醒醒。我说:"我们再吃酒!"他说:"好,不要什么菜蔬。"窗外有些微雨,月色朦胧。西湖不像昨夜的开颜发艳,却有另一种轻颦浅笑、温润静穆的姿态。昨夜宜于到湖边步月,今夜宜于在灯前和老友共饮。"夜雨剪春韭",多么动人的诗句!可惜我没有家园,不曾种韭。即使我有园种韭,这晚上也不想去剪来和CT下酒。因为实际的韭菜,远不及诗中的韭菜好吃。照诗句实行,是多么愚笨的事啊!

女仆端了一壶酒和四只盆子出来,酱鸭、酱肉、皮蛋和花生米,放在收音机旁的方桌上。我和CT就对坐饮酒。收音机上面的墙上,正好贴着一首我手写的、数学家苏步青的诗:"草草杯盘共一欢,莫因柴米话辛酸。春风已绿门前草,且耐余寒放眼看。"有了这诗,酒味特别地好。我觉得世间最好的酒肴,莫如诗句。而数学家的诗句,滋味尤为纯正。因为我又觉得,别的事都可有专家,而诗不可有专家。因为作诗就是做人。人做得好的,诗也作得好。倘说作诗有专家,非专家不能作诗,就好比说做人有专家,非专家不能做人,岂不可笑?因此,有些"专家"的诗,我不爱读。因为他们往往爱用古典,蹈袭传统;咬文嚼字,卖弄玄虚;扭扭捏捏,装腔作势;甚至神经过敏,出神见鬼。而非专家的诗,倒是直直落落,明明白白,天真自然,纯正朴茂,可爱得很。樽前有了苏步青的诗,桌上酱鸭、酱肉、皮蛋和花生米,味同嚼蜡,唾弃不足惜了!

我和CT共饮,另外还有一种美味的酒肴,就是话旧。阔别十年,身经浩劫。他沦陷在孤岛上,我奔走于万山中。可惊可喜、可歌可泣的话,越谈越多。谈到酒酣耳热的时候,话声都变了呼号叫啸,把睡在隔壁房间里的人都惊醒。谈到二十余年前他在宝山路商务印书馆当编辑,我在江湾立达学园教课时的事。他要看看我的子女阿宝、软软和瞻瞻——《子恺漫画》里的三个主角,幼时他都见过的。瞻瞻现在叫作丰华瞻,正在北平北大研究院,我叫不到;阿宝和软软现在叫丰陈宝和丰宁馨,已经大学毕业而在中学教课了,此刻正在厢房里和她们的弟妹们练习平剧,我就喊她们来"参见"。CT用手在桌子旁边的地上比比,说:"我在江湾看见你们时,只有这么高。"她们笑了,我们也笑了。这种笑的滋味,半甜半苦,半喜半悲。所谓"人生的滋味",在这里可以浓烈地尝到。CT叫阿宝"大小姐",叫软软"三小姐"。我说:"《花生米不满足》《瞻瞻新官人,软软新娘子,宝姊姊做媒人》《阿宝两只脚,凳子四只脚》等画,都是你从我的墙壁上揭去,铸了锌版在《文学周报》上发表的。你这老前辈对她们小孩子又有什么客气?依旧叫'阿宝''软软'好了。"大家都笑。人生的滋味,在这里又浓烈地尝到了。我们就默默地干了两杯。我见CT的豪饮,不减二十余年前。

我回忆起了二十余年前的一件事,有一天,我在日升楼前遇见CT,他拉住我的手说:"子恺,我们吃西菜去。"我说:"好的。"他就同我向西走,走到新世界对面的晋隆西菜馆的楼上,点了两客公司菜,外加一瓶白兰地。吃完之后,仆欧送账单来。CT对我说:"你身上有钱吗?"我说:"有!"摸出一张五元钞票来,把账付了。于是一同下楼,各自回家——他回到闸北,我回到江湾。过了一天,CT到江湾来看我,摸出一张拾元钞票来,说:"前天要你付账,今天我还你。"我惊奇而又发笑,说:"账回过算了,何必还我?更何必加倍还我呢?"我定要把拾元钞票塞进他的西装袋里去,他定要拒绝。坐在旁边的立达同事刘薰宇,过来抢了这张钞票去,说:"不要客气,拿到新江湾小店里去吃酒吧!"大家赞成。于是号召了七八个人,夏丏尊先生、匡互生、方光焘都在内,到新江湾的小酒店里去吃酒。吃完这张拾元钞票时,大家都已烂醉了。此情此景,憬然在目。如今夏先生和匡互生均已作古,刘薰宇远在贵阳,方光焘不知又在何处。只有CT仍旧在这里和我共饮。这岂非人世难得之事！我们又浮两大白。

夜阑饮散，春雨绵绵。我留 CT 宿在我家，他一定要回旅馆。我给他一把伞，看他的高大的身子在湖畔柳荫下的细雨中渐渐地消失了。我想："他明天不要拿两把伞来还我！"

三十七年三月廿八日夜于湖畔小屋

隔海传书[①]

——国庆节致侨胞李君的公开信

荣坤贤弟惠鉴：

今年国庆节又到了。我回想去年国庆节你到上海来访问我时的情况，历历如在目前，而相隔已经一年，时光过得真快！你寄来和我合摄的照片及信，早已收到。至今方始奉复，甚是抱歉。你关心我的健康，我很感

---

① 载1961年10月26日《北京晚报》。

谢。现在我可以向你告慰：一年以来，我身体越发健康了。有事为证：今年四月，我游黄山，曾经攀登海拔一千八百米的天都峰，而并不疲倦。现在把这次游览的情况对你谈谈，想你一定爱听。

黄山位在安徽省南部，你是厦门人，也许不曾到过。我告诉你：这是我国风景最好的一个名山。这是个群山，有三十几个高峰，连小峰共有七十多个。山中到处是松树，这些松树姿态很特别：有的枝条全部向下；有的一面生枝条，一面靠石壁；有的由好几株树干团结起来，变成一株，叫作"团结松"；有的枝叶极其坚密，上面可坐五六个人（叫作"蒲团松"）。国内的名产"黄山松烟"墨，便是用这些松木的烟煤制成的。雨过之后，山中的白云凝结起来，变成一片云海。峰顶露出在云海上面，好像大海中的无数岛屿。此时下界都被白云蒙住，游客就身在云霄之上，仿佛登天堂了。

游山必须登山过岭，所以不能称为"上山"，应称为"入山"。山路大都很陡，很窄，有的地方只容一人通过。每隔十几里路，必有宿食的地方，由黄山管理处经理，供应非常周到，有酒有饭，还有棉衣借给你御寒，免得你背了衣服上山。我入山的时候，管理处的人一定要我坐轿。他们看见我一把白胡须，料想不是能步行的。然而我坚决谢绝。因为我认为坐轿游山是煞风景的，而且是非人道的。我虽不能像青年人一样跑得快，然而我信奉龟兔赛跑中龟的办法：慢慢地不断地走，终有一天达到目的地。我们一行三人（我和老妻、小女）只请一个服务员和一个向导领路，逢到难走的地方，他们会扶持我。登山时我五步一站，十步一坐，这样慢慢地不断地走，终于走到了最高的天都峰上。这峰特别陡，其对地面的斜度是六十至八十度，非扶着路旁的铁链走不可；有时竟须用四肢爬行。峰顶有一个地方，叫作"鲫鱼背"，这是一块几十丈长的大岩石，形似一个鲫鱼。我在这"鲫鱼"的一二尺宽的背脊上走过时，低头一望，深不见底，不觉双腿发抖。幸而这背脊的两旁有铁栏，不会让我跌下去。休息的时候向导看看我说："丰院长真了不起！许多年轻人游黄山不敢上天都。您身体真健康！"

我自己也觉得身体健康,并且越老越健康了。去年你来访问我时,看见我上楼梯快步如飞,称赞"丰伯伯脚力很健"!其实莫说上楼梯,我还会上一千八百米的天都峰呢!

你通过广洽法师知道我过去多病,所以关怀我的健康。我可告诉你:我在旧时代的确多病,但在新中国仿佛返老还童了。原因是政治清明,社会安定,因此生活放心,精神愉快。精神愉快,身体就健康。古语云:"忧能伤人。"反之,无忧无虑,自然健康长寿。在旧时代,政治腐败,社会黑暗,因此做人忧患恐惧,提心吊胆。这安得不损害健康呢?我四十岁的时候,上七百多米的莫干山都走不动;现在年近古稀了,反而上千八百米的天都也不吃力,其原因就在于此。此外还有一个小原因。我在黄山中,从无线电里听到两个喜讯:一是第二十六届世界乒乓球锦标赛,中国获得好几个冠军;二是苏联飞船环绕地球。因此精神更加愉快,身体更加健康。那时我曾经作一首诗登在《解放日报》上,现在写给你看:"结伴游黄山,良辰值暮春。美景层层出,眼界时时新。奇峰高万丈，飞瀑泻千寻。云海脚下流，苍松石上生。入山虽甚深，世事依然闻。息足听广播，都城传好音：国际乒乓赛，中国得冠军。飞船绕地球，勇哉加加林！客中闻双喜，游兴忽然增。掀髯上天都，不逊少年人。"这首诗可使你在万里之外想见我的近况，又可引诱你再来祖国观光。去年你游了杭州和普陀，下次你来时，我劝你游黄山。书不尽意。

一九六一年国庆节子恺启

注：李荣坤君去年国庆节返祖国观光，托新加坡我的老友广洽法师介绍，来上海访问我。我和他一见如故，晤谈多次。我从黄山回来后，不曾通过信。现又值国庆节，我想起了他就写这封公开信，意思是要使李君以外的侨胞友人也都知道我的近况。因为我在海外侨胞中有不少好朋友，免得一一写信问候了。

一九六一年十月一日

后　记

钟桂松

　　副刊是一个文学家成长的平台，也是一部文学史的萌发地。丰子恺先生发表在副刊上的文章，是丰子恺文学宝库中不可或缺的一个方面。选编这部《沙坪的酒》，一方面是想从保存副刊史料的角度，精选丰子恺先生的一些散文随笔，在李辉先生的"副刊文丛"中留一印痕；另一方面，结集起来，可以从副刊角度欣赏丰子恺先生的情怀和文采，同样是一件有意思的事情。

《沙坪的酒》中选录的这些随笔散文,都是丰子恺先生20世纪20年代至60年代在各种不同报纸副刊上发表的。当年丰子恺先生发表随笔散文,也是随写随发,所以这些文章发表的地域相当广泛,有在香港报纸副刊发表的,有在天津报纸副刊发表的,有在内地的报纸副刊发表的,还有在沿海地区的报纸副刊发表的。但是《沙坪的酒》里的这些随笔散文,满满的,都是缘缘堂随笔的情味,充满着温润、睿智、幽默,洋溢着丰子恺先生的人文情怀,给人以积极向上的启迪。在《沙坪的酒》中,丰子恺先生讲出了我们平常喝酒没有注意的喝酒的哲学道理。抗战时期有人坐飞机带正宗的绍兴黄酒到重庆,丰子恺认为"请绍酒坐飞机,与请洋狗坐飞机有相似的意义。这意义所给人的不快,早已抵消了其气味的清香与上口的舒适。与其吃这种绍酒,我宁愿吃沙坪的渝酒"。在丰子恺先生看来,酒里面还有骨气在。丰子恺先生是会喝酒的人,但是他喝酒不是图醉而是兴味所在。他说:"吃酒是为兴味,为享乐,不是求其速醉。"所以"吃酒图醉,放债图利"

的说法在丰子恺先生看来,"实在不合于吃酒的本旨"。

丰子恺逃难到桂林时,法币、桂币均在市面上流通,桂币的价值比法币低一半,两块桂币换一块法币,用法币买东西,要打对折,所以丰子恺先生打惯对折,在桂林看什么事情都要打对折。还有,丰子恺先生对桂林山水美与奇的评价、对黄山仰观与俯瞰的辩证法,今天看来仍然没有过时。

有关音乐的评品,丰子恺在这些随笔中同样有他独特的感受。里面一篇《鼓乐》,虽然讲的是他去看鼓乐的情形,但是说到音乐,自有丰子恺先生的独到之处。他认为即使像鼓乐这样不能奏旋律的打击乐器,同样"具有一种奇妙的诱惑力,能吸引远近各处的人心",而且"跑到近处,身心就会同化在鼓乐的节奏中"。音乐是能够"吸引""同化"人心的。这是这篇平常文章中表达的不平常的思想。对"艺术"一词,丰子恺先生同样有自己的看法,他在《桂林艺术讲话之二》中认为"善而又巧,巧而又善,方可称为艺术。故徒然悦人耳目,而对人没有启示的,不是艺术;徒然供人消遣，而对人没有教训的，不是艺术"。有这种艺术观的艺术家的作品，自然是有益于世道人心了！

我们知道，丰子恺先生是一代漫画大师，在这个副刊文集里，丰子恺先生对漫画的一些看法、观点，依然是我们认识子恺漫画所要了解的。比如丰先生在《漫画浅说》中说："漫画给我的憧憬比一切艺术给我的多，假如不妨以自己的好恶为艺术批评的标准，我定要说漫画是现代艺术的最精彩的产物。"而丰子恺先生对漫画的创作质量的追求，偶尔也在文章中有表示。他在《随笔漫画》中说到自己的漫画创作时，说："我有一个脾气：希望一张画在看看之外又可以想想。我往往要求我的画兼有形象美和意义美。形象可以写生，意义却要找求。"丰先生还说："实在，我的作画不是作画，而仍是作文，不过不用言语而用形象罢了。"因为丰先生有这样的观点和要求，今天的人们看丰子恺先生的漫画，才普遍感到"耐看"，有味道。所以，读丰子恺先生在副刊上发表的文章，对我们今天理解子恺漫画的意义相信有许多益处。

丰子恺先生是一位充满人文情怀的艺术大师，他对儿童，对自然，对天地万物充满了怜悯之心，在《鼓乐》中看到一个十岁的儿童背着鼓让人敲，丰先生立刻想到这个孩子还只有十岁左右，"他的皮肉很嫩，他的骨节一定不很坚牢"。《穷小孩的跷跷板》一文中，丰先生对穷小孩的情形一目了然，写得生动却满纸辛酸！

这里选编的文章，仅仅是丰先生在副刊上发表的文章的一部分，但是也可以想见丰子恺先生与副刊的关系和缘分了。

精品栏目荟萃

《副刊面面观》
《心香一瓣》
《纽约客闲话精选集 一》
《多味斋》
《文艺地图之一城风月向来人》
《书评面面观》
《上海的时光容器》
《谈艺录》
《问学录》
《名人之后》
《纽约客闲话精选集 二》
《编辑丛谈》
《本命年笔谈》
《国宝华光》
《半日闲谭》
《这么近，那么远》
《群星闪耀》
《深圳，唤起城市的记忆》
《风云记忆》

个人作品精选

《踏歌行》　　　　　　《色香味居梦影录》
《家园与乡愁》　　　　《走读生》
《我画文人肖像》　　　《回家》
《茶事一年间》　　　　《武艺十八般》
《好在共一城风雨》　　《一味斋书话》
《从第一槌开始》　　　《收藏是一种记忆》
《碰上的缘分》　　　　《沙坪的酒》
《抓在手里的阳光》　　《花树下的旧时光》
《阿Q正传》　　　　　《嘉兴人与事》
《风吹书香》　　　　　《"闲话"之闲话》
《书犹如此》　　　　　《红高粱西行》
《泥手赠来》　　　　　《丽宏读诗》
《住在凉山上》　　　　《流水寄情》
《老解观象》　　　　　《我从〈大地〉走来》
《犄角旮旯天津卫》　　《云中谁寄锦书来》
《歌剧幕后的故事》　　《守望知识之狮》

《不死的花朵》
《沙漠花开》
《慢下来,发现风景》
《有时悲伤,有时宁静》